Prix du Meilleur Polar des lecteurs de POINTS

Ce roman fait partie de la sélection 2017 du **Prix du Meilleur Polar des lecteurs de POINTS !**

De mars à décembre 2017, un jury composé de 40 lecteurs et de 20 professionnels, sous la présidence de l'écrivain **Dror Mishani**, recevra à domicile 9 romans policiers et thrillers récemment publiés par les éditions Points et votera pour élire le meilleur d'entre eux.

***La ville des morts*, de Sara Gr [illegible] le prix en 2016.**

Pour tout [illegible] r votre avis sur ce l [illegible] 'autres passionnés, [illegible]

w [illegible] lar.com

Qiu Xiaolong est né à Shanghai en 1953. Lors de la Révolution culturelle, son père est la cible des révolutionnaires et lui-même est interdit de cours. Il soutient néanmoins une thèse sur le poète T. S. Eliot et poursuit ses recherches à Saint-Louis, aux États-Unis. Les événements de Tian'anmen le décident à s'y installer et c'est en anglais qu'il écrit la célèbre série policière mettant en scène l'inspecteur Chen ainsi que les nouvelles du cycle de la Poussière Rouge. Traduits dans vingt pays, ses livres se sont déjà vendus à plus d'un million d'exemplaires à travers le monde.

Qiu Xiaolong

IL ÉTAIT UNE FOIS L'INSPECTEUR CHEN

ROMAN

Traduit de l'anglais (États-Unis) par Adélaïde Pralon

Liana Levi

TEXTE INTÉGRAL

TITRE ORIGINAL
Becoming Inspector Chen

ISBN 978-2-7578-6907-9
(ISBN 978-2-86746-841-4, 1re publication)

Pour en venir à voir d'autres êtres humains comme des « nôtres » plutôt que des « eux », il faut une description minutieuse de ce à quoi ressemblent ces êtres qui nous sont peu familiers et une redescription de ce à quoi nous-mêmes nous ressemblons.

Richard Rorty,
Contingence, ironie et solidarité

Quand on tient le faux pour le vrai, le vrai à son tour est faux ; si du néant on fait l'être, l'être à son tour est néant.

Cao Xueqin,
Le Rêve dans le pavillon rouge

Préambule

Au début de la Révolution culturelle, il était courant d'assister à la « critique révolutionnaire de masse des ennemis de classe ». Cela n'avait pas grand-chose à voir avec une « critique » au sens propre du terme, il s'agissait plutôt d'une séance humiliante de dénonciation publique. Une de ses justifications largement admise était qu'elle rassemblait le prolétariat tout en décourageant les « ennemis de classe », un terme ouvert à de multiples interprétations.

Selon Mao, la lutte entre le socialisme et le capitalisme était appelée à s'étendre sur une longue période jusqu'au triomphe final du communisme. À la fin des années cinquante, les « ennemis de classe » comprenaient les propriétaires terriens, les riches fermiers, les contre-révolutionnaires, les mauvais éléments et les droitistes, auxquels vinrent s'ajouter pendant la Révolution culturelle les capitalistes, les intellectuels non réformés et les partisans de la voie capitaliste, une expression inventée pour désigner les « membres du Parti qui empruntent la voie capitaliste contre le président Mao ». Bref, tous ces gens étaient les ennemis de classe du peuple et donc la cible désignée de la dictature du prolétariat.

En général les accusés étaient forcés à se repentir, tête baissée, sous un grand portrait de Mao. Les tableaux noirs pendus à leur cou affichaient leur nom barré. Quelquefois, ils étaient coiffés de hauts chapeaux en papier représentant les horreurs des enfers. Des groupes tels les Gardes rouges (dans les écoles) ou les Travailleurs rebelles (dans les usines) montaient sur une estrade temporaire et prononçaient des accusations indignées auxquelles la foule répondait par des slogans révolutionnaires, poing levé. Par exemple, Liu Shaoqi, président de la République populaire de Chine et grand rival de Mao Zedong, alors président du Parti communiste chinois, fit subitement l'objet d'une critique révolutionnaire de masse au cours de laquelle on vit sa femme, Wang Guangmei, ramper par terre dans un qipao déchiré, les seins à l'air, affublée d'un collier de balles de ping-pong, deux symboles de la décadence bourgeoise. Au plus fort du mouvement, certains furent sauvagement battus, parfois à mort.

Avant 1949, mon père tenait une petite usine de parfum. Elle lui fut retirée au milieu des années cinquante lors du « transfert des entreprises privées à l'État », après quoi il occupa un poste tout en bas de l'échelle d'une entreprise d'État. Mais dans le système de classes de Mao, il faisait toujours partie des capitalistes. Il fut donc la cible d'une critique de masse.

Au début, j'ignorais tout de l'épreuve qu'il endurait à l'usine. Mais un soir, il rentra en boitant, tenant à peine sur ses jambes. Une autre fois, son visage affichait de larges bleus, pareil à un kaki pourri. Quand nous allions nous coucher, trois ou quatre soirs par semaine, il devait encore travailler à la lumière de la lampe cassée jusque tard dans la nuit à ce qu'il appelait son « plaidoyer de culpabilité ».

Le rituel du plaidoyer représentait une étape importante dans le combat contre les ennemis de classe. Ces derniers devaient se repentir de leurs fautes et, dans le cas de mon père, reconnaître avoir exploité les travailleurs avant 1949. Il connaissait par cœur les chiffres de son entreprise et le calcul était simple : il payait ses quatre ou cinq ouvriers beaucoup moins que lui et empochait la plus grande partie des bénéfices ou de la « plus-value », un terme que je venais d'apprendre à l'école. Mais au lieu de le laisser s'en tirer à si bon compte, les Gardes rouges lui demandaient de confesser ses « crimes atroces » en sondant les profondeurs de son cœur noir, encore et encore.

Trois ans après le début de la Révolution culturelle, souffrant d'un sévère décollement de la rétine, mon père reçut du comité révolutionnaire de son usine l'ordre de ne plus venir travailler. Il partit non sans un certain soulagement. Fini la critique révolutionnaire de masse…

Mais il rencontra un nouveau problème. Dans la dictature du prolétariat, les indemnités de congé maladie étaient réservées aux prolétaires, pas aux capitalistes. En d'autres termes, il n'avait droit à aucune compensation ni à aucune couverture maladie. À cause de notre statut, le salaire de ma mère avait été réduit et était loin de suffire aux besoins de toute la famille. Mon père devait être opéré le plus rapidement possible afin de retourner travailler. Il réussit à se faire admettre dans un hôpital de Shanghai. Il prévoyait d'y rester un ou deux jours et de s'accorder ensuite une semaine de repos à la maison. Au moins, pendant ce temps, il n'aurait plus à se soucier de la critique révolutionnaire… Mais à l'époque, bon nombre de médecins et d'infirmières expérimentées étaient étiquetés « monstres noirs » et ceux qui restaient étaient occupés à lutter pour leur survie. À cause du manque d'effectifs, les délais d'attente pour les opérations étaient très longs.

Au troisième jour de son hospitalisation, un message nous arriva par le biais du téléphone du quartier. « Un membre de la famille du lit 17 est demandé d'urgence à l'hôpital pour la critique révolutionnaire de masse. » Le « lit 17 » était celui qu'occupait mon père. L'appel venait d'une organisation de Gardes rouges appelée « Chasser le tigre et le léopard », en référence à un poème de Mao. Notre famille fut prise de panique. Comment avait-il fait pour s'attirer des ennuis à l'hôpital ? Et pourquoi un membre de la famille devait-il aller là-bas ?

Ma mère était en pleine dépression nerveuse. Mon frère aîné, Xiaowei, était pratiquement paralysé et ma sœur cadette, Xiaohong, trop jeune. La tâche m'incomba. Une migraine atroce me saisit. Ayant entendu des histoires sur les membres d'une même famille subissant ensemble la critique de masse, je tremblais de peur. En tant que « chiot noir », je n'avais aucun espoir de devenir Garde rouge, d'entrer à l'université, d'obtenir un emploi décent, mais ces soucis viendraient plus tard, ils n'étaient rien comparés à mon angoisse à cet instant.

Ma mère me servit un bol de soupe de haricots verts à la menthe, mon plat préféré en été, mais le mal de tête persista. Je me levai à contrecœur, presque avec rage, et partit pour l'hôpital.

En chemin, j'essayai de deviner les raisons des ennuis de mon père. Les Gardes rouges de l'usine ne savaient pas qu'il devait se faire opérer, ils n'avaient donc pas pu révéler son statut à ceux de l'hôpital. Lui-même n'avait aucun intérêt à en parler. Je me creusai la cervelle en vain, suant dans un bus bondé comme un panier de bambou plein de petits pains vapeur. À l'arrêt de l'hôpital, je descendis en titubant.

Au lieu d'aller directement au chevet de mon père, je me rendis au bureau du comité révolutionnaire.

Je découvris que « Chasser le tigre et le léopard » était une association de patients et non de membres du personnel soignant, ces derniers étant dans une situation précaire, comme les statues d'argile du proverbe qui traversent la rivière. L'organisation avait été créée en réponse à l'appel de Mao demandant d'appliquer la dictature du prolétariat à tous les étages de la société. Le chef donnait ses ordres depuis le lit 35, dans le dortoir voisin de celui de mon père. C'était un patient nommé Huang qui portait un brassard rouge et une compresse de gaze blanche autour de la gorge. Il souffrait d'un cancer avancé de l'œsophage.

« La politique du Parti veut que nous fassions preuve d'humanité envers les ennemis de classe malades, mais pas envers ceux qui n'ont aucun remords, m'expliqua Huang d'une voix sifflante aux accents métalliques. Tant que votre père ne se sera pas complètement repenti, il ne méritera pas d'être soigné ici. Vous avez eu tort de penser qu'il pourrait s'en tirer si facilement.

– Vous avez parfaitement raison, répondis-je rapidement.

– Au lieu de se repentir de son mode de vie bourgeois, continua Huang d'une voix rauque comme s'il soufflait dans un tuyau d'acier brisé, il se vante ! Il doit rédiger un nouveau plaidoyer. »

Écrire un nouveau plaidoyer n'était pas si grave dans l'absolu. Mais sans l'accord de Huang pour être opéré, il pouvait rester là des semaines, des mois peut-être. Les frais d'hôpital allaient s'accumuler alors que nous avions déjà du mal à joindre les deux bouts.

Je n'arrêtai pas de hocher la tête comme un robot détraqué. Sauf que, n'étant pas réellement un robot mais un être doué de sentiments, j'éprouvais tout le caractère humiliant de ma situation.

« Très bien, dis-je. Je vais l'aider à faire son examen de conscience. S'il vous plaît, donnez-moi des détails précis, camarade Huang, pour que je le force à sonder le fond noir de son cœur et à déceler les racines du mal.

– Eh bien, il se vante d'être le seul à savoir diluer le lait en poudre, grâce à son mode de vie luxueux dans la vieille société, déclara Huang. Pour qui se prend-il à regarder les travailleurs de haut ? »

Une sirène d'alarme retentit dans un coin de mon cerveau. À la maison, mon père parlait peu de la vie qu'il menait avant 1949 – par peur de passer pour un « défenseur du mode de vie bourgeois ». La rancune que nous, ses enfants, ressentions envers celui qui avait noirci notre famille l'empêchait de se confier. Le plus souvent, il se réfugiait dans le silence. Mais de 1958 à 1961, pendant les années dites de « catastrophes naturelles », alors que plus de trente millions de Chinois mouraient de faim, la disette avait réveillé en lui le souvenir halluciné d'un privilège que lui accordait un restaurant russe au milieu des années quarante : prendre autant de lait qu'il le souhaitait, sept jours sur sept. Le lait n'était pas toujours frais ; il apercevait parfois la serveuse blonde en train de diluer la poudre derrière le comptoir, mais le mélange lui paraissait alors encore plus exotique. Je salivais au récit de ce conte de fées. Je n'avais pas vu l'ombre d'une bouteille de lait depuis des mois.

Mais au chevet du lit 17, en regardant le visage blême de mon père, sa barbe hirsute, ses yeux bandés, perfusé en prévision de l'opération, je n'eus pas la force de lui reprocher son imprudence. Il tenta faiblement d'attraper ma main ; il était incapable de tenir un stylo. C'était sans doute pour ça, entre autres, que Huang avait appelé quelqu'un en renfort. Sur la table de nuit voisine, j'aperçus une boîte de lait en poudre.

Je pris une profonde inspiration et l'écoutai raconter les détails du malencontreux incident. Le lait en poudre était devenu une denrée rare que son voisin du lit 18 avait eu la chance de se procurer. Mais il ne savait pas comment le diluer et obtenait à chaque fois une mixture imbuvable. Évoquant son expérience au restaurant russe, mon père lui avait conseillé de mélanger la poudre avec un peu d'eau froide avant de verser l'eau chaude. Le résultat avait été probant. Le lit 18 avait rapporté l'anecdote avec un tel engouement qu'elle avait rapidement fait le tour de l'hôpital. Le soir même, Huang, en vigilant soldat de la lutte des classes, avait immédiatement voulu creuser l'affaire.

Pour moi, l'urgence du moment était de réécrire un plaidoyer acceptable. Il ne suffirait pas d'ajouter des excuses, aussi sincères soient-elles, pour avoir osé se laisser aller à la décadence bourgeoise d'une tasse de lait en poudre. Je commençai par lire la version écrite par mon père et rejetée. De façon assez scolaire, il commençait par avouer que tout jeune, il avait rêvé de faire des études. En sortant du lycée, il avait dû travailler pour aider sa famille et trouvé un poste de comptable dans une société hollandaise. Quand l'entreprise avait quitté le pays sans crier gare à la fin des années quarante, il avait reçu en guise d'indemnités une boîte d'invendus d'essences de parfum. En désespoir de cause, ne réussissant pas à trouver un emploi, il avait ouvert la boîte et déchiffré tant bien que mal un manuel anglais sur la fabrication de parfums. Après plusieurs expériences, différents dosages d'eau, d'alcool et d'arômes mélangés à l'aide de matériel de fortune récupéré dans la cour de notre maison *shikumen*[1], il réussit à produire une minuscule bouteille d'eau de Cologne, sur laquelle ma mère, souriante, en sueur près de l'évier couvert de mousse, colla l'étiquette *Eau de rosée fleurie*. L'entreprise était lancée. La nouvelle marque de parfum allait bientôt être connue de toutes les femmes de la classe moyenne de Shanghai.

Je découvrais cette histoire pour la première fois et, le stylo tremblant dans la main, compris d'où venait le problème aux yeux de Huang. Mon père se décrivait comme la victime de circonstances hasardeuses, un capitaliste accidentel pour ainsi dire.

Il se mit à me dicter sa nouvelle version, mais je décidai de ne pas la transcrire à la lettre. Vu la façon dont il abordait les choses, elle serait à nouveau rejetée. Je repensais à un plaidoyer éloquent, placardé sur la façade de mon école, dans lequel un de mes « monstres noirs » de professeurs s'était condamné avec une fougue digne d'un cuisinier du Sichuan jetant de pleines poignées de poivron dans sa casserole. *Je suis complètement pourri, noir du cœur aux orteils... Pour mon crime, je devrais être foulé aux pieds pendant cent ans sans avoir le droit de me relever... Pour m'être engraissé sur le dos des pauvres, je mérite de recevoir mille coups de couteau.* Comme dit le proverbe, *le cochon mort ne craint pas l'eau bouillante, elle ne peut le tuer davantage.* Je n'hésitai pas à rajouter une bonne couche de clichés révolutionnaires et contre-révolutionnaires.

1. Maison traditionnelle populaire du début du XXe siècle. Les bâtiments sont généralement de deux étages et agencés autour d'une petite cour. (Les notes sont de la traductrice.)

Bien entendu, j'inclus l'épisode du lait en poudre, signe précoce et indéniable de son penchant décadent, et démontrai que sa transformation en capitaliste n'avait absolument rien d'accidentel.

Environ trois quarts d'heure plus tard, je ponctuai ma conclusion d'un point d'exclamation et hochai la tête avec satisfaction quand j'entendis une annonce transmise par les haut-parleurs de l'étage : « Le lit 17 et le membre de sa famille sont attendus dans le hall de l'hôpital. »

Là, j'aperçus d'abord une longue bannière rouge qui traversait le hall à moitié vide : critique révolutionnaire de masse de l'hôpital.

De toute évidence, Huang profitait de ma présence pour organiser l'événement, car mon père, avec ses yeux bandés, n'aurait pas pu participer au rituel sans quelqu'un pour lui tenir la main. Je remis le manuscrit à Huang, qui le fourra sans le lire dans la poche de son pantalon et me fit signe de me placer à côté de mon père, courbé sous le poids d'un tableau noir montrant son nom barré à la craie. Deux autres patients, un homme et une femme, se tenaient près de lui, portant chacun un tableau noir autour du cou.

« Baissez la tête et plaidez coupable devant notre grand dirigeant Mao ! » siffla Huang.

Malgré moi, je baissai la tête. La seule différence entre mon père et moi était que je n'avais pas de tableau noir autour du cou. Accablé par l'humiliation, il fut bientôt trop faible pour tenir debout et dut s'appuyer sur mon épaule. J'essayai d'imaginer que j'étais une béquille humaine, raide, immobile, sans pensées ni sentiments. Sans grand succès.

Peut-être à cause de ses problèmes de gorge, Huang ne dit plus rien. Il sortit un instant et revint muni d'une chaise sur laquelle il resta assis pendant toute la durée du rituel.

Au bout d'une heure interminable, il nous fit signe de partir.

Je décidai de rester auprès de mon père, persuadé qu'il faudrait encore réécrire le plaidoyer. Ça ne valait pas la peine de rentrer à la maison pour repartir aussitôt. J'étais épuisé. À neuf heures du soir, je me résignai à quitter l'hôpital. Je n'avais toujours pas eu de nouvelles de Huang.

Aucun message non plus le lendemain. Vers midi, je vérifiai auprès de l'opérateur du téléphone du quartier. Toujours rien. C'était incompréhensible. Le troisième jour, un message arriva enfin : mon père avait été conduit en salle d'opération, il sortirait le lendemain.

Huang devait avoir approuvé mon discours truffé de phrases créatives. Ou bien il avait été touché par l'enfant tremblant comme un rocher branlant pendant la critique de masse. Ou bien son état s'était brutalement détérioré et il avait cédé. Quelle que fût l'explication, alors que la déferlante de la Révolution culturelle s'abattait sur le pays, l'incident n'avait finalement été qu'une tempête dans un verre de lait en poudre.

« Tu as accompli un exploit », dit ma mère acquise au scénario qui me couvrait de gloire.

Pour la première fois je pris confiance en moi et, contre toute attente, dans l'écriture.

Bien des années plus tard, entre 2014 et 2015, de manière imprévue, je dus rester un long moment à San Francisco. Au lieu de travailler à mon bureau de Saint-Louis, je passais beaucoup de temps dans une cour pittoresque de Stanford à lire et à méditer. Un après-midi de mai, à côté d'une théière de Puits du

Dragon posée sur une petite table pliante, je relisais *Contingence, ironie et solidarité* de Richard Rorty. Il y a quelque chose d'impénétrable et de troublant dans son raisonnement, mais la solitude m'aidait à surmonter les difficultés de la lecture. Fatigué, je posai le livre au milieu des feuilles et des pétales qui tombaient en rafales capricieuses.

Parmi plusieurs projets en cours, j'essayais de terminer le dixième volume des enquêtes de l'inspecteur Chen qui refusait obstinément d'être achevé. Un texte rétrospectif dont plusieurs chapitres étaient terminés ou partiellement terminés, dont le plan revu et re-revu refusait toujours de former un tout organique, du moins à mon avis.

Quand on construit un « personnage plat », comme Mrs Micawber dans *David Copperfield* de Dickens, une phrase suffit à le résumer. Elle tient tout entière dans ces mots : « Je n'abandonnerai jamais M. Micawber. » C'est très pratique. Mais ce n'est pas le cas de mon personnage.

La vie est beaucoup plus compliquée pour Chen. Les choix s'imposent à lui, parfois sans qu'il en ait conscience.

Pendant que les feuilles de thé se déployaient dans ma tasse, j'essayai de m'extirper de ces réflexions. Mais elles revenaient comme les mouches tenaces qui bourdonnent au loin quand on les chasse, avant de revenir se poser au même endroit.

Je me rappelai alors une question de mon grand frère Xiaowei au cours d'un de mes séjours à Shanghai. Comme il était à l'hôpital, pour ne pas l'inquiéter davantage, je ne lui avais pas dit qu'aux États-Unis, j'écrivais. Mais il avait dû l'apprendre par les journaux. Dès que j'entrai dans sa chambre, il me demanda : « Comment se fait-il que tu écrives des polars ? »

Je constatai avec étonnement que cette question revenait presque à me demander comment Chen était devenu l'inspecteur Chen.

Ce jour-là, je fus incapable d'offrir à mon frère une réponse satisfaisante. Des dizaines de raisons se précipitaient dans ma tête, surgissaient d'une longue chaîne de causalité où le yin et le yang semblaient s'être égarés. Par exemple : l'après-midi passé à soutenir mon père aux yeux bandés pendant la « critique de masse » au début de la Révolution culturelle ; un bol de soupe de poisson mandarin préparé par un ami du collège pendant que les Gardes rouges hurlaient des slogans révolutionnaires sous nos fenêtres ; une fête à la Prufrock en compagnie d'un ami cher avec pour lointain décor les tuiles lustrées de la Cité interdite ; un poème taxé de manifeste contre-révolutionnaire par un ancien commissaire politique… Un tas d'événements, apparemment anodins, avaient abouti à ce résultat.

Il en allait de même de mon roman.

Au chevet de Xiaowei, j'aurais pu citer tel ou tel fait en guise de réponse, mais au fond, je savais qu'aucun détail pris isolément ne pouvait constituer une réponse sensée.

Qui plus est, aussi incroyable que cela puisse paraître, Xiaowei aussi avait participé à ma décision de créer l'inspecteur Chen. Un de mes souvenirs les plus atroces de la Révolution culturelle reste une nuit aux urgences de l'hôpital Renji, quand mon frère, victime d'une hypoxie cérébrale, s'est soudain mis à délirer : « La Révolution culturelle m'a détruit. » Je me dépêchai de lui couvrir la bouche pour lui éviter des ennuis et il me mordit la main dans le noir. Il ne s'est jamais réellement remis de cette crise. Et plus de vingt ans après, je lui dédiai mon roman *De soie et de sang*. Ce qui était arrivé à Xiaowei pendant la Révolution culturelle aurait très bien pu m'arriver à moi. J'étais tellement hanté par les souvenirs de ce désastre national que j'étais obligé d'en faire un livre.

Dans la pensée bouddhiste, les gens et les choses sont prédéterminés par le karma, jusqu'aux gestes les plus insignifiants comme ramasser une miette ou boire un verre d'eau. Tout ce qu'on fait aux autres, et inversement, appartient à l'omniprésente chaîne de causalité, bien qu'on ne le perçoive généralement pas sur le moment. Si on pousse le raisonnement jusqu'à la réincarnation, l'homme devient plus ou moins humain en conséquence de ses actes.

Et dans une approche postmoderniste, on peut aussi penser que l'être et le devenir se matérialisent à travers les multiples ramifications des relations et interactions avec les autres. Au lieu de survenir comme une métamorphose à un moment donné, la transformation est le fruit d'un long processus rempli d'événements insignifiants tant qu'on ne les considère pas avec un certain recul.

Il n'existe donc pas de réponse simple, évidente, unique, à la question de savoir comment Chen est devenu l'inspecteur Chen.

Ce jour-là à San Francisco, je repris le livre de Richard Rorty et déchiffrai un paragraphe dans la lumière tombante : *Pour en venir à voir d'autres êtres humains comme des « nôtres » plutôt que des « eux », il faut une description minutieuse de ce à quoi ressemblent ces êtres qui nous sont peu familiers et une redescription de ce à quoi nous-mêmes nous ressemblons.*

Je bus une gorgée de thé et levai les yeux vers le soleil qui se couchait sur les ailes sombres d'un geai bleu solitaire. À la fin de l'après-midi écoulé dans la cour immobile, les feuilles et les pétales tombés s'amoncelaient, une scène tout droit sortie des vers de Liu Fangping, célèbre poète de la dynastie des Tang : *Elle n'ouvre pas sa porte envahie par des fleurs de poirier/tombées*.

J'eus alors l'idée d'une nouvelle structure pour ce roman.

JEUNESSE

Dénonciation des tigres de papier

Au début des années soixante-dix, Chen Cao attrapa une mauvaise grippe à l'école primaire. Son père, qualifié de « monstre noir », faisait alors l'objet d'une « enquête isolée » à l'université où il avait enseigné et sa mère, affligée par l'ombre qui planait sur leur vie, devait travailler très dur au collège ; personne ne pouvait donc l'emmener à l'hôpital du quartier. Sa mère insista pourtant pour qu'il aille consulter le docteur Zhang, un des médecins les plus réputés de l'établissement.

Selon le règlement de l'hôpital, dans la salle d'attente du deuxième étage, les patients pouvaient donner à l'infirmière le nom du docteur qu'ils souhaitaient voir. Le docteur Zhang avait étudié en Europe. Avec ses lunettes aux montures dorées et son éternel cigare, il faisait partie des plus populaires. Sachant combien l'attente serait longue, Cao avait rechigné à y aller. Mais le jeu en valait la chandelle, déclara sa mère en constatant dès le lendemain de sa première visite que sa toux s'améliorait.

La deuxième fois, Chen fut étonné de voir un groupe d'inconnus portant des brassards rouges prendre soudain possession du bureau du docteur Zhang et y détruire les récompenses et les prix encadrés dans un vacarme de slogans révolutionnaires. Il s'agissait apparemment d'employés de l'usine numéro 1 de gants de Shanghai appartenant à l'Équipe de propagande de la pensée de Mao Zedong. Ils avaient été envoyés du jour au lendemain à l'hôpital en réponse au dernier grand commandement de Mao : *La classe ouvrière doit être la classe dirigeante dans tous les domaines*. À la suite de quoi, tous les intellectuels – dont les médecins –, pétris de culture occidentale, furent dénoncés et persécutés.

Le chef d'équipe était un jeune homme nommé Jia. Sans diplôme universitaire ni connaissances médicales, il orchestra une critique de masse contre un groupe d'intellectuels, dont le docteur Zhang. Au-dessus de sa tête, une banderole rouge et blanche proclamait : DÉNONCIATION DES TIGRES DE PAPIER. Tremblant, un tableau noir autour du cou, le docteur Zhang dut passer un test consistant à prendre sa propre température ; il attrapa le thermomètre qu'on lui tendait et le mit dans sa bouche sans voir qu'il s'agissait d'un thermomètre anal. Jia se lança alors dans un discours sentencieux :

« Zhang, spécialiste réputé de cet hôpital, ne sait pas faire la différence entre oral et anal. Cela confirme la maxime de Mao : *Les intellectuels sont plus ignorants que les ouvriers, les fermiers et les soldats*. Honte aux intellectuels bourgeois qui ne sont capables de rien sauf de participer à des activités contre-révolutionnaires et d'œuvrer au rétablissement du capitalisme. »

Dans le public, Cao hocha la tête et sortit sans avoir vu le docteur Zhang qui n'avait désormais plus le droit de soigner des patients. Mais cette nuit-là, sa toux s'aggrava. Quand sa mère apprit ce qui s'était passé à l'hôpital, elle dit : « Le président Mao a raison, bien sûr, mais le thermomètre, c'était le travail de l'infirmière. Un vieux médecin aguerri comme Zhang a bien le droit de se tromper. Surtout qu'il avait la tête courbée par le tableau noir… »

Elle ne termina pas sa phrase, fronça les sourcils et ajouta : « Contente-toi d'observer et pense par toi-même, Cao. Et si tu ne comprends pas quelque chose, garde-le pour toi. *Les malheurs sortent de la bouche.* »

La dernière phrase était un vieux proverbe qu'elle citait sans doute aussi par allusion à son mari qui s'était attiré des ennuis avant même le début de la Révolution culturelle.

Le lendemain, le journal *Libération* célébrait « l'initiative révolutionnaire » de l'hôpital.

Quel que fût son point de vue sur la question, quelques jours plus tard, Chen dut retourner à l'hôpital. Là, il reconnut Zhang en train de sortir lourdement des toilettes dans un uniforme d'homme de ménage, le visage sale, ses lunettes cassées fixées par un sparadrap, en pleine « transformation idéologique par le travail forcé ». Le vieux médecin tenait un balai à franges dégoulinant d'où s'échappa un lézard vif comme l'éclair. Une gamine assise à côté de Chen sur le banc de la salle d'attente hurla devant cette vision étrange. Il s'empressa de lui couvrir la bouche de la main pour ne pas attirer l'attention sur une preuve supplémentaire de l'incompétence de Zhang.

Les médecins demeurant en activité devaient faire face à une surcharge de patients. Une jeune infirmière nommée Huang, occupée d'une main à noter les coordonnées de Chen dans un dossier et, de l'autre, à agiter un thermomètre, lui conseilla de voir le premier médecin disponible. D'un œil malicieux, elle désigna Jia assis au bureau de Zhang, un brassard rouge sur sa blouse de médecin.

Jia poussait apparemment « l'initiative révolutionnaire » au maximum et avait entrepris de soigner lui-même les malades afin de prouver que la classe ouvrière était bel et bien la classe dirigeante. Cette décision s'inscrivait en droite ligne des « médecins aux pieds nus » plébiscités par Mao. On racontait que les fermiers qui travaillaient nu-pieds dans les rizières soulageaient miraculeusement les maux de leurs frères et sœurs de classe à l'aide d'herbes traditionnelles et d'acupuncture sans jamais recourir aux remèdes de la médecine occidentale. Si les fermiers le faisaient, pourquoi pas les ouvriers des villes ?

Chen n'eut pas le temps de protester que son dossier médical se retrouva sur le bureau de Jia, à côté du *Manuel du médecin aux pieds nus*. Jia toucha son brassard, parcourut le dossier, feuilleta son manuel pendant une ou deux minutes et griffonna une ordonnance semblable à celle du docteur Zhang, sans oublier d'y ajouter une herbe chinoise. Il déclara avec sérieux : « Le président Mao l'a dit : *La médecine chinoise est un trésor.* »

Au cours des semaines qui suivirent, le dossier de Chen atterrit systématiquement sur le bureau de Jia. L'infirmière n'avait sans doute pas le choix. La honte politique serait terrible pour l'ouvrier-docteur s'il passait des heures à attendre des patients. Et Chen était trop jeune pour protester.

Mais il remarqua autre chose. Pendant ses consultations, Jia le regardait à peine et jetait régulièrement de brefs coups d'œil vers la salle d'attente et, surtout, vers l'infirmière Huang.

La vingtaine, séduisante et charpentée, elle portait une blouse blanche qui laissait voir ses jambes et des sandales en plastique transparentes. On imaginait sans peine Jia tentant de deviner ce qu'elle portait ou non sous son uniforme, surtout dans la chaleur de l'été, dans une salle équipée d'un unique ventilateur tournoyant mollement au plafond. Elle s'éventait à l'aide d'un dossier en carton et essuyait de temps à autre du revers de la main la sueur qui perlait sur son front tout en battant du pied un rythme lancinant comme pour accompagner une chanson inaudible.

Chen comprit soudain pourquoi Jia avait voulu occuper le bureau de Zhang. Le travail était un prétexte pour goûter à la proximité entre médecin et infirmière. Mais en ce temps-là, la passion romantique était jugée politiquement incorrecte. D'autant plus de la part d'un chef d'Équipe de propagande de la pensée de Mao.

Quant à Huang, elle ne semblait pas faire attention à lui. Chen songea au proverbe : *Le crapaud hideux aimerait goûter la chair du cygne*. Huang était une fille vive, rayonnante de jeunesse et d'énergie. Mais comme disait un autre proverbe, *pour faire d'une poutre une aiguille, il suffit d'y mettre la peine*. Bientôt, il vit Jia lui frôler la main en prenant un dossier. Et elle le laissa faire.

Un matin, Chen trouva une vieille infirmière à la place de Huang, soi-disant retenue par une urgence familiale. Jia sortit à grands pas du bureau, retira sa blouse et annonça qu'il devait assister à une réunion politique. L'infirmière remplaçante se montra assez maladroite, mélangea les informations et les dossiers, ce qui alourdit encore la charge de travail des médecins présents ce jour-là. L'attente devint interminable.

« Ça fait plus de deux heures ! se plaignit l'un d'eux avec force.

– L'infirmière Huang est partie, intervint Chen, alors Jia disparaît aussi.

– Je comprends mieux, lança un autre. Le gros cochon !

– Quoi, c'est humain d'être attiré par une beauté, commenta un vieux d'un ton professoral. Confucius a dit : *Une fille si fine, si douce, l'honnête homme cherche avidement sa main.* »

Ce matin-là, la discussion, menée pourtant à voix basse, s'anima, et les spéculations se répandirent comme une onde dans l'assistance. Après tout, les gens n'avaient rien d'autre à faire.

Selon un vieux proverbe, *on ne peut pas prévoir les changements du temps*, et en effet, un soir de juin, quelqu'un surprit Jia en train de plaquer Huang sur le plateau de son bureau, blouse ouverte, sandales échouées sur le sol comme deux barques abandonnées. C'est Zhen, le chef adjoint de l'équipe de propagande, qui fit cette découverte scandaleuse. Il se montra sans pitié envers « le renégat qui avait succombé à l'influence maléfique de la décadence bourgeoise ». Jia plaida coupable et endossa toute la responsabilité tandis qu'à ses côtés, Huang sanglotait.

Jia fut démis de ses fonctions et Zhen le remplaça à la tête de l'équipe. Plusieurs rumeurs circulèrent sur son compte. Selon l'une d'elles, il avait eu vent des ragots véhiculés par les patients de la salle d'attente ; selon une autre, il convoitait le poste de Jia depuis des mois et l'épiait comme une caméra de surveillance.

Au lieu de retourner à l'usine, Jia resta à l'hôpital pour effectuer de menus travaux. Quant à Huang, elle fut transférée à la pharmacie. Dans le même temps, la bronchite de Chen se transforma en asthme sifflant.

Au cours de ses visites à l'hôpital, il aperçut plusieurs fois l'infirmière par la fenêtre de la pharmacie. Elle allait et venait au milieu des rangées de médicaments dans une robe d'été jaune, pareille à un papillon flamboyant dans la lumière du matin.

Voilà pourquoi Jia reste là, songeait Chen, la main serrée sur sa boîte de pilules.

Quelques semaines plus tard, il fut stupéfait de découvrir Jia au poste de balayeur à la place du docteur Zhang.

Mû par son obsession pour Huang, Jia avait fait un autre écart. À l'époque, à chaque fois qu'une nouvelle citation de Mao passait à la radio, les gens devaient organiser une célébration. Cette fois, le dirigeant avait répété : *La médecine chinoise est un grand trésor*, et l'hôpital de quartier avait décidé d'imprimer un document sur l'acupuncture afin d'éduquer les masses. Jia fut chargé de découper le pochoir dans la nuit. Pour illustrer les points d'acupuncture, il dessina un corps nu autour du texte. Vers minuit, il s'assoupit et rêva de la jeune infirmière. Aux premières lueurs grises qui filtrèrent à travers les rideaux, il se réveilla empli des images traînantes de son rêve et tomba sur la silhouette du pochoir. Sans courbe ni charme, elle semblait l'accuser de n'avoir pas assez pris soin d'elle. Les yeux encore embués de sommeil, il retravailla son croquis.

Le lendemain après-midi, il fut convoqué dans le bureau de l'Équipe de propagande.

« Regarde ça, bon sang ! lança Zhen. Une nouvelle preuve de ton crime contre le président Mao. »

Le prospectus montrait un corps de femme avec deux points sur la poitrine et une ligne entre les cuisses, des détails que Jia avait ajoutés dans la confusion de ses fantasmes nocturnes, rendant la figure nue presque aussi désirable que Huang dans son rêve.

L'après-midi même se tint une nouvelle critique révolutionnaire de masse.

« Camarades, ce document est censé aider le peuple à mieux comprendre l'enseignement du président Mao sur la médecine chinoise, notre grand trésor. Mais regardez ce que ce salaud en a fait ! C'est du sabotage obscène et diabolique ! »

L'accusation était pire que la précédente. L'infirmière Huang prononça à son tour une dénonciation indignée : « Il est rempli de pensées sales. C'est un œuf pourri, c'est plus fort que lui. »

Jia ne pouvait pas rester un jour de plus à l'hôpital. Il retourna à l'usine comme un grillon déconfit.

Ainsi, le docteur Zhang retrouva son bureau. Il examina le dossier de Chen d'un air soucieux. Une bronchite aiguë n'aurait pas dû traîner comme ça, elle s'était transformée en asthme. Le vieux médecin rédigea rapidement une nouvelle ordonnance, puis, après réflexion, y ajouta un remède traditionnel appelé *gejie*.

Chen fut dérouté par la prescription qui l'obligeait à se rendre dans une obscure échoppe du quartier. Là, il découvrit que le *gejie* était un couple d'abominables lézards séchés à longues queues épaisses. Que pouvaient-ils avoir à faire avec la bronchite ? Il se dépêcha de retourner à l'hôpital interroger le docteur Zhang.

« Pendant la récente rééducation politique, j'ai étudié la médecine chinoise, comme nous l'enseigne notre grand dirigeant, le président Mao », expliqua le docteur d'un ton révérencieux. Il sortit d'un tiroir un livre de médecine chinoise jauni par le temps et replaça ses lunettes enfin réparées sur son nez. « Le nom officiel du *gejie* est *gekko gecko*. Il vient sans doute de son cri, le mâle faisant “ge” et la femelle “jie”. Les lézards sont vendus par deux, un mâle et une femelle. Ils sont inséparables, indivisibles et copulent sans arrêt, produisant un stock d’hormones inépuisable dans un équilibre parfait du yin et du yang. L’ingrédient le plus puissant est censé être leurs longues queues qui, dans votre cas, me paraissent démesurément grandes. Le remède devrait être très efficace. Vraiment, l’enseignement du président Mao est immense. Nous ne devons jamais cesser de l’étudier. »

Sidéré, Chen écarquillait les yeux. Bien sûr, Mao ne se trompait jamais, mais le docteur parlait avec tant de sérieux, citant force détails inutiles sur les lézards séchés.

« Ils copulent vraiment tout le temps ? demanda-t-il enfin.

– Comme nous l’apprend la médecine traditionnelle, reprit Zhang en ajustant de nouveau ses lunettes, l’asthme vient d’un manque de yang dans l’organisme. Mais parfois, il peut aussi venir d’un manque de yin. Quel meilleur remède que la profusion naturelle du *gejie* pour rétablir l’équilibre ? »

Ça ne coûtait rien d’essayer.

Une fois mijotés, les lézards avaient un goût de soupe de poisson salée et puante. La mère de Chen s’empressa de lui préparer de l’eau au miel pour apaiser ses papilles et en oublia de lui demander comment le docteur Zhang avait pu récupérer son poste.

Chen guérit miraculeusement, sans savoir si c’était grâce aux lézards séchés.

Au cours de la visite suivante, il ne vit pas l’infirmière Huang. Ce jour-là, il ne reçut pas d’ordonnance. Le docteur déclara qu’il était guéri.

En sortant de l'hôpital, il remarqua un homme à l'air maussade qui ressemblait fort à Jia et qui jetait des regards furtifs vers la fenêtre de la pharmacie. En l'apercevant, l'homme détala, traînant derrière lui son ombre pareille à une longue queue. Comme le *gejie*, songea Cao en se remettant subitement à tousser.

Dans les palais de jade

Comme d'habitude, Chen écrivit la référence de l'ouvrage sur la fiche de la bibliothèque de Pékin, nota l'heure et le jour et fit glisser le document de l'autre côté du comptoir vers Ling, la jeune et pétillante bibliothécaire, qui, en tendant la main pour l'attraper, frôla ses doigts par inadvertance.

« Tes ouvrages réservés sont encore là, dit-elle en révélant une charmante fossette, je vais demander qu'on te monte les autres le plus rapidement possible. »

Dans cette bibliothèque, il n'y avait pas de rayonnage en libre accès ; il fallait un certain temps pour que les volumes remontent des réserves. Ling était donc d'une aide précieuse.

Ce matin-là, elle portait un chemisier rose et une jupe blanche et tenait la pile de livres réservés dans ses bras nus. Elle ressemblait à une fleur de pêcher éclatante sur un éventail de papier blanc – l'image ravissante, inexplicable, échappée d'une pièce de la dynastie des Ming lui revint soudain en mémoire – et il se mit à inventer des vers dans un coin de sa tête jusqu'à ce que l'arrivée tonitruante d'un groupe d'adolescents interrompe sa rêverie.

Selon le règlement, sans carte spéciale permettant de les emprunter, il fallait consulter les livres étrangers sur place.

La Révolution culturelle venait à peine de pousser son dernier soupir ; les autorités maintenaient leur contrôle, surtout sur des ouvrages encore perçus comme subversifs et imprégnés d'idéologie occidentale. Le département d'anglais de l'université ne disposait que d'une carte de bibliothèque pour tous les professeurs avec un emprunt limité à trois livres. Pour son mémoire sur Eliot, Chen n'avait trouvé là-bas qu'un seul ouvrage critique, publié il y a plus de trente ans, et il savait qu'il ne servait à rien d'espérer utiliser la carte de ses professeurs.

Il n'avait pas d'autre choix que d'aller à la bibliothèque de Pékin consulter les livres et prendre des notes. C'étaient ses dernières vacances d'été en tant qu'étudiant et il les passait à Pékin. Sa famille lui manquait, mais il n'aurait jamais réussi à se concentrer dans la mansarde brûlante de Shanghai.

« Encore une longue journée studieuse ? demanda Ling sans attendre la réponse. Tu arrives tard ce matin.

– Mon vélo a crevé. J'ai eu du mal à trouver un réparateur dans Xisi. »

En général, il arrivait à l'ouverture et restait jusqu'à la fermeture pour mettre son temps à profit. Il retira un marque-page d'un ouvrage réservé et ajouta pour plaisanter :

« Grâce à toi, je peux lire en attendant ma commande. Mais comme dans le poème classique, *les faveurs d'une beauté me pèsent*.

– Allons, Chen Cao. Pas la peine de jouer les poètes avec moi. »

Depuis quand avait-il pris l'habitude de lui parler comme ça ? Peut-être était-ce seulement un prélude agréable à sa journée de lecture. Loin des images des

« Préludes » d'Eliot, avec leur cheval solitaire qui piaffe et fume à la lumière des réverbères et leurs vieillards glanant du bois dans quelque terrain vague.

Il se rappela le jour, trois ou quatre semaines plus tôt, où Ling lui avait tendu pour la première fois une fiche de demande de prêt. Jeune fille séduisante d'une vingtaine d'années, elle avait levé le regard vers lui en même temps qu'un rayon de soleil traversait l'opacité des vitres teintées. Au comptoir, elle lui avait posé les questions réglementaires, ouvrant de grands yeux clairs semblables à un vaste ciel d'automne sans nuage.

Environ dix jours plus tard, alors qu'il attendait au comptoir, il avait sorti de sa sacoche la revue *Poésie* et en pointant du doigt son badge d'étudiant elle avait dit : « L'université des langues étrangères de Pékin ? Ils n'ont pas beaucoup de livres… Moi aussi, j'ai étudié là-bas. »

Elle l'avait remarqué. Peut-être à cause de sa liste de lecture éclectique : poésie, philosophie et romans policiers, ces derniers lui servant à s'aérer l'esprit.

« Tu comprends mon problème alors. Ils n'ont qu'un seul livre sur Eliot, et encore, c'est une vieille édition.

– Ah ! avait-elle lancé, les traits animés soudain par un ravissant haussement de sourcils. Est-ce que tu travailles sur *La Terre vaine* ? »

Il avait acquiescé, non sans ressentir une pointe d'excitation. Il était rare de croiser quelqu'un avec qui parler d'Eliot. Elle avait dû faire partie des étudiants ouvriers-paysans-soldats de la Révolution culturelle. À l'époque, les étudiants étaient sélectionnés suivant la théorie des classes, un rêve inaccessible pour Chen, poursuivi par l'ombre de sa famille « noire ».

« Comme tu viens presque tous les jours, avait-elle poursuivi, tu peux laisser tes livres de côté au moment de la fermeture. Comme ça, le lendemain, tu n'auras pas besoin d'attendre.

– Vraiment ? »

Ce serait effectivement un gain de temps énorme. En général, il fallait une demi-heure pour qu'un livre remonte depuis le sous-sol, une cave où les empereurs conservaient jadis de grands blocs de glace pour l'été, avait-il lu un jour dans un roman d'arts martiaux.

« Mais je ne pourrai peut-être pas venir tous les jours, alors…

– Ne t'en fais pas pour ça. Je préviendrai mes collègues, avait-elle répondu en collant l'étiquette *Réservés* sur le haut de la pile. Personne n'y touchera. Tu es spécial. »

Spécial était un mot spécial pour le dire… Sous le coup d'une impulsion soudaine, il s'était penché vers elle et avait ouvert la revue à la page où figurait son premier poème publié. « Je l'ai acheté en chemin. Je m'appelle Chen Cao. »

Elle l'avait lu une fois, puis une deuxième, plus attentivement.

« Ça me plaît beaucoup. Je m'appelle Ling. »

Un simple échange de politesses entre une bibliothécaire serviable et un lecteur reconnaissant.

À présent, comme chaque matin, Chen savourait le moment où il s'installait sous la lampe à abat-jour vert contre la vitre teintée, à une place suffisamment proche du comptoir pour voir les livres arriver et aussi observer la jeune fille de temps à autre, une tentation presque trop forte. Elle avait été gentille avec lui, elle s'était donné du mal, et il regrettait d'en savoir si peu sur elle.

Parmi ses lectures du jour se trouvait une édition annotée des poèmes de jeunesse d'Eliot. C'était une période difficile pour lui qui s'obstinait à écrire au lieu d'opter pour une vie facile avec un emploi lucratif proposé par des relations de sa famille ou de celles de sa femme Vivienne.

Chen était fasciné par la tension entre la théorie impersonnelle et la vie personnelle de l'auteur. L'angoisse maladive de Vivienne, persuadée que « Prufrock » était le chant du cygne du poète, avait poussé l'homme à la dépression, un état qui l'avait conduit à écrire *La Terre vaine*… Après une profonde inspiration, Chen commença à prendre des notes. Ce paradoxe lui offrait peut-être une perspective inexplorée.

Bientôt, il se perdit dans les lignes du texte, comme dans une enquête aux indices indémêlables, songea-t-il ; concernant une des premières versions de *La Terre vaine*, il avait été étonné de lire un jour qu'Eliot avait initialement envisagé un autre titre : *Il fait la police avec différentes voix.*

Grâce à la paix profonde du lieu, il sentait qu'il avançait. Il posa son stylo et songea aux origines controversées de la bibliothèque. C'était au départ un des palais impériaux attachés à la Cité interdite où les empereurs discutaient avec des lettrés de la cour. Après 1949, l'endroit était devenu la bibliothèque de Pékin, ce qui avait offert au *Quotidien du peuple* l'occasion de vanter la nouvelle société socialiste de Mao qui permettait aux gens ordinaires de passer leur journée à lire et à étudier. Son emplacement était vraiment idéal à côté de la Mer du Nord et tout près du complexe de la Mer centrale et de la Mer du Sud qui hébergeait aujourd'hui les principaux dirigeants du Parti. Mais pour une bibliothèque, l'intérieur était loin d'être parfait. Les fenêtres à claire-voie, dotées récemment de vitres teintées, laissaient passer peu de lumière naturelle, aussi les longues tables étaient-elles équipées d'une lampe à abat-jour vert à chaque place. Chen aimait tous ces détails. Certaines étagères poussiéreuses dataient peut-être de l'époque impériale, perpétuant imperceptiblement la tradition…

Sans savoir pourquoi, il repensa au refrain de *La Chanson d'amour de J. Alfred Prufrock. Tu auras le temps,* se disait-il, *le temps qu'il faut pour les travaux.* Il se demandait à présent s'il ne pourrait pas traduire certains poèmes et les placer en annexes de son mémoire. Puis il conclut qu'il ferait mieux d'essayer d'abord de décrypter ce poème et sa *persona* poétique ambiguë.

Il se surprit à lever de nouveau la tête et fut déçu de ne pas trouver Ling. Il se remit à lire et se laissa aller à des fantasmes ridicules, imagina au fil des vers une sirène qui chantait, dansait, peignait les vagues de toutes les couleurs, en noir et blanc, se couronnait d'algues…

Un soir, environ une semaine plus tôt, alors qu'il poussait sa bicyclette hors du parking, il avait aperçu la jeune fille sous l'arche antique du portail. Ils étaient sortis tous deux, côte à côte, le plus naturellement du monde.

Il l'avait suivie à travers un dédale de *hutongs*[1] pittoresques, dans un raccourci connu d'elle seule, le long des vieilles maisons *siheyuan* avec leurs cours carrées, leurs murs blancs et leurs tuiles noires. Un chat tigré effrayé par les sonnettes de vélos avait bondi hors de sa cachette. Ils avaient échangé par intermittence des propos agréables, bifurqué plusieurs fois dans le crépuscule avant d'atteindre un carrefour de Xisi où elle

1. Ensemble de passages et de ruelles étroites, typiques de Pékin.

avait garé son vélo avant de s'engouffrer dans le métro. Sans bouger, il l'avait regardée descendre l'escalier, puis passer devant une affiche où une jeune ouïghoure, les bras chargés de raisin, marchait vers lui d'un pas d'une infinie légèreté, des bracelets scintillants aux chevilles…

Les vers d'Eliot le faisaient divaguer. Il s'efforça de sortir de sa rêverie. Où serait-il dans un an ? Sa mère, toute seule à Shanghai, voulait qu'il rentre dès qu'il aurait obtenu son diplôme. Mais ce n'était pas à elle d'en décider, ni à lui. La politique en vigueur voulait que l'État place tous les diplômés. Il prendrait donc le poste qu'on lui donnerait. S'il refusait, il serait stigmatisé, condamné au chômage pendant des années.

Il serait chanceux s'il obtenait un travail comme celui de Ling, un emploi qui lui permettrait de lire à loisir dans cette bibliothèque. Il chassa la jeune fille de ses pensées, se persuadant qu'il venait là seulement pour son mémoire.

Il était midi passé quand Chen posa le recueil de poèmes. Le déjeuner posait toujours problème. Il plongea la main dans sa sacoche et tomba sur le vieux ravioli froid, dur comme une pierre, qu'il avait pris la veille à la cantine. Il appréciait beaucoup la nourriture des échoppes bon marché de Pékin mais il y en avait peu dans les environs. De l'autre côté de la rue, il y avait bien *Les Nouilles froides de Corée*, mais il digérait mal la texture à la fois molle et croustillante des nouilles arrosées d'eau froide à l'aide d'un grand tuyau. Plus loin, à l'ouest, un petit restaurant miteux proposait des gâteaux de riz frits avec du mouton et du chou, un plat assez goûteux, mais trop gras pour le déjeuner. Quant aux restaurants touristiques, ils étaient inabordables. Il songea alors avec nostalgie à un établissement de luxe appelé *Fangshan*, dans le parc de la Mer du Nord, qui servait autrefois la famille royale des Qing.

Il sortit prendre l'air et s'assit sur les marches de la vieille cour, près des grues en bronze et des tortues de la dynastie des Qing qui scrutaient les visiteurs le long de l'ancienne véranda. Avant de dévorer son piteux en-cas, il leva la tête vers les tuiles des avant-toits flanqués de dragons jaunes derrière lesquels passaient des nuages blancs toujours changeants. Soudain, il sentit une présence derrière lui.

« C'est l'heure du déjeuner, lança Ling, deux bols en émail à la main.

– Oh, j'avais oublié, mentit-il. Mais il n'y a pas grand-chose dans le coin…

– C'est vrai. Heureusement il y a une cantine pour le personnel. Assez bonne, grâce aux subventions de l'État. Aujourd'hui, c'est courbine frite au menu.

– Magnifique. » Il avait du mal à y croire. La cantine de l'université ne servait de la courbine que les jours de fête.

« Viens avec moi.

– Comment ça ?

– On a le droit d'inviter de la famille ou des amis. »

L'air décidé, elle brandit les deux bols en émail. L'invitation était trop tentante.

Il la suivit au fond de la cour, parcourut un couloir sinueux jusqu'au restaurant devant lequel se dressait un pommier en fleur comme dans un rêve transparent.

En entrant, il perçut tout de suite les regards curieux tournés vers eux.

Ling commanda une portion de courbine pour lui et des travers de porc façon Shanghai pour elle. Le poisson était encore meilleur que dans son souvenir. Il engloutit son assiette en trois minutes et la regarda, honteux, déposer un par un des morceaux de porc aigre-doux dans son bol.

« Je ne mange pas beaucoup », expliqua-t-elle avant de se lever pour aller lui chercher une soupe à la tomate et aux œufs.

Elle avait une silhouette athlétique et de longues jambes galbées. Une de ses collègues se glissa à leur table en faisant mine de vouloir aborder un sujet de travail urgent, mais ne prononça qu'un ou deux mots insignifiants sans cesser de scruter Chen sous tous les angles. Il mangea en silence, les yeux baissés sur son bol.

À la fin du déjeuner, Ling proposa simplement : « Ça te dit de prolonger la pause-déjeuner ? »

À Pékin, les gens avaient l'habitude de faire la sieste. À cet effet, le dortoir de l'université était chauffé à midi. À la bibliothèque, Chen s'accordait parfois un petit somme, la tête dans les bras, sur sa table. Et aujourd'hui, après une généreuse portion de poisson frit et du travers de porc, il n'était pas pressé de retourner à sa besogne.

« Ça me dit bien, mais…

– Tu peux te reposer dans mon bureau si tu veux. »

Elle avait donc son propre bureau. Elle devait être plus qu'une simple bibliothécaire de comptoir. Ce qui expliquait pourquoi elle n'était pas là en permanence. Mais… une pause dans son bureau ?

« La bibliothèque de Pékin travaille en partenariat avec des bibliothèques du monde entier, dit-elle en surprenant l'air interrogateur de Chen. Mais aux Liaisons étrangères on n'est pas débordé ; je ne suis pas obligée d'être tout le temps dans mon bureau. »

Son poste était donc encore plus enviable qu'il ne l'avait imaginé. Responsable des relations internationales de la bibliothèque. Elle venait à la salle de lecture seulement pour donner un coup de main.

« Sinon, qu'est-ce que tu dirais de visiter la section des livres rares ? » offrit-elle, devinant ses réserves.

Bien sûr, il avait entendu parler de cette section, ouverte seulement aux « visiteurs de marque ».

« Ne t'inquiète pas, tu n'auras qu'à me suivre », précisa-t-elle, sûre d'elle. Il la suivit au bout d'un nouveau couloir. « Mais je dois rester avec toi. C'est la règle. »

Malgré une note sur la porte annonçant la fermeture de la salle pour rénovation, elle sortit une clé et le fit pénétrer dans une immense pièce aux murs garnis de vitrines. Les livres étaient rangés dans de ravissants écrins de tissu bleu datant des dynasties des Ming et des Qing. Chen se serait cru dans une exposition d'objets rares, sauf qu'il pouvait tenir les livres dans ses mains et les regarder de près. Une fine couche de poussière sous les vitrines témoignait de l'oubli où l'histoire était tombée.

« Désolée, je dois rédiger un fax pour une bibliothèque australienne, expliqua-t-elle en s'asseyant dans un coin sur une chaise pliante. Mais ne te gêne pas pour faire le tour. »

À l'écart des précieux ouvrages reliés, Chen fut attiré par un parchemin de soie jauni déplié sur un comptoir de verre. Au lieu d'un paysage impersonnel typique du genre, la peinture représentait une minuscule silhouette ouvrant la porte d'une hutte en bambou. À l'arrière-plan, des montagnes surmontées de vers tracés au pinceau et un grand espace vide occupaient presque la moitié du dessin. Chen tenta de déchiffrer les caractères, sans succès.

Il sortit son stylo et son carnet et entreprit de les copier trait pour trait, comme pour se perdre dans les montagnes et le vide.

L'instant de la peinture/où un homme ouvre la porte/sur les montagnes et où la porte/ouvre l'homme à la peinture.

Combien de temps s'oublia-t-il dans l'étude du parchemin ? Quand il leva la tête, Ling avait fini de rédiger son fax.

Il faisait soudain très chaud dans la pièce. Elle avait retiré ses sandales et enfoncé des écouteurs dans ses oreilles. Un walkman rutilant sur les genoux, elle avait l'air détendu, comme chez elle. Il se sentit violemment attiré par ses pieds nus qui battaient la mesure sur le vieux parquet. Elle le regarda et sourit de l'émotion de Chen devant le parchemin et les vers insondables.

Elle devait envoyer le fax depuis son bureau. Il était temps de partir.

Elle ne revint pas au comptoir. C'était sûrement mieux ainsi. Les faveurs d'une beauté, songea Chen, non sans une pointe d'ironie, peuvent être difficile à obtenir. Il avait reçu assez de faveurs pour aujourd'hui.

Plus tard dans l'après-midi, une soudaine coupure de courant obligea tous les visiteurs à rendre leurs livres et à évacuer les lieux. Ling se précipita en renfort.

Chen lui tendit sa pile en disant : « Si seulement je pouvais les emporter au campus.

– Je comprends. Mais peut-être que le courant est coupé là-bas aussi. »

Décidément, il ne pourrait pas travailler cet après-midi.

« Tu termines à quelle heure ? demanda-t-il.

– Cinq heures. Pourquoi ?

– Si tu es libre, ça te dirait qu'on aille au parc de la Mer du Nord ?

– Aujourd'hui ? » demanda-t-elle d'une voix hésitante.

Il préféra ne pas insister. C'était une proposition irréfléchie, peut-être même déplacée. Voilà qu'il raisonnait comme Prufrock le timoré.

« Je dois être chez moi à huit heures. J'ai de la famille qui vient de… » Elle regarda sa montre sans finir sa phrase. « Je dois d'abord passer un coup de fil. Si on se retrouvait plutôt au parc de la Montagne Jingshan ? »

Il comprenait. Après le déjeuner, elle préférait sans doute éviter d'être vue à nouveau en sa compagnie. Le parc de la Mer du Nord était trop proche.

« Le parc Jingshan, c'est très bien.

– Alors on se retrouve à l'entrée de derrière, vers cinq heures et demie. »

À cinq heures et demie pile, il arriva au rendez-vous. Les environs étaient déserts, à l'exception d'un vieil homme qui vendait des moulins à vent multicolores fixés à des tiges de bambou et d'un marchand portant un sac de flocons d'aubépine sucrés en bandoulière. Il n'y avait quasiment aucun touriste. Il s'approcha du mur où une inscription retraçait l'histoire du lieu.

Le parc de la Montagne Jingshan, comme le parc de la Mer du Nord, appartenait au domaine impérial sous les dynasties des Ming et des Qing. En 1949, l'endroit, si proche de la Mer centrale et de celle du Sud que les dirigeants du Parti pouvaient en apercevoir les collines verdoyantes de leurs fenêtres, avait été ouvert au public.

Il sortit le paquet de notes qu'il avait prises à la bibliothèque. Selon plusieurs critiques, Vivienne n'était pas l'épouse idéale pour Eliot. Le plus étonnant, c'était la rumeur selon laquelle, en pleine lune de miel avec le jeune poète, elle serait partie en vacances avec le philosophe Bertrand Russell. Mais Chen eut à peine le temps de se pencher sur cette romance énigmatique qu'il aperçut Ling traversant en hâte un pont de bambou partiellement visible du portail.

« Finalement, je suis rentrée sans toi, Chen, désolée. J'ai un pass pour tous les parcs de la ville.

– Inutile de t'excuser, j'étais en train de lire l'histoire du parc.

– Il est connu pour ses collines artificielles. Les appeler "montagnes" est clairement exagéré, tout comme la "mer" de l'autre parc. La démesure impériale. »

Ils se mirent en marche. L'endroit était vaste et peu fréquenté à cette heure. Après plusieurs bifurcations au hasard, ils atteignirent les flancs d'une colline verte dont ils entreprirent l'ascension.

Au sommet, ils s'assirent côte à côte sur un rocher plat, sous un arbre en fleurs, face au soir qui se déployait le long des avant-toits luisants du somptueux palais tout proche. En bas, des vagues de bus déferlaient dans la rue grise.

« Cette butte a plusieurs centaines d'années, dit-elle en tournant les yeux vers Chen. À quoi penses-tu ?

– *Tu regardes la vue de la colline/et ceux qui viennent pour la vue te regardent...* » improvisa-t-il pour la taquiner.

C'était une imitation du poème « Fragments » de Bian Zhilin, souvent interprété par les critiques comme un poème d'amour écrit pour sa petite amie de l'époque.

« Moi aussi, j'aime bien ce poème, confia-t-elle en rougissant, surtout les vers qui suivent. *La lune brillante a orné ta fenêtre/et toi, tu ornes le rêve d'un autre.*

– J'ai essayé de le traduire, mais les vers, si simples en apparence, sont durs à transposer dans une autre langue.

– Oui, c'est peut-être parce que c'est aussi un poème sur la relativité des choses et des êtres. »

Elle le connaissait bien. Tous deux parlaient alternativement en chinois et en anglais, un autre avantage de sa compagnie, pensa Chen. Parfois, une chose, difficile à exprimer dans une langue, était plus facile à dire dans une autre.

À quelques mètres, derrière un rocher en forme de dragon, une cigogne en bronze semblait surveiller leur tête-à-tête. Elle avait dû espionner les empereurs Ming, puis la douairière Cixi, et continuait au fil des âges à fixer droit devant à l'infini.

« La nuit dernière, j'ai rêvé qu'on devenait des gargouilles dans le palais de la Nourriture de l'Esprit, au sein de la Cité interdite, avoua Ling tout bas. Et qu'on bavardait toute la nuit dans une langue compréhensible seulement de nous. »

Surpris par l'emploi du pronom final, Chen laissa le silence retomber entre eux.

Quand ils entamèrent la descente, le crépuscule enveloppait déjà la colline. Dans un virage, ils se retrouvèrent face à un arbre rabougri portant un panneau blanc : *C'est ici que l'empereur Chongzhen s'est pendu.*

Ils se demandèrent si c'était l'original ou un autre arbre planté des siècles plus tard au même endroit. En 1644, Chongzhen, le dernier empereur de la dynastie des Ming, s'était suicidé sur cette colline pendant que la capitale tombait aux mains des paysans rebelles dirigés par Li Zicheng. Dans la version des manuels scolaires, à la lumière de la théorie de Mao, les rebelles étaient toujours présentés comme une force positive, révolutionnaire. D'où le panneau solitaire, honteux, au bas de la colline.

Chen frissonna en songeant à la ressemblance avec le tableau noir pendu au cou de son père lorsqu'il était enfant.

« Il faut que je t'avoue quelque chose, dit tout à coup Ling sans percevoir la morosité soudaine de son compagnon. J'ai la possibilité de partir en Australie pendant un an, dans le cadre d'un programme d'échange entre les bibliothèques de Pékin et de Canberra.

– Félicitations, Ling ! C'est formidable !

– Merci. Et toi ? Tu auras ton diplôme l'année prochaine… »

La promenade au parc provoquée par une coupure de courant inopinée prenait un tour intime.

« Oui, l'année prochaine », répéta-t-il machinalement, comme les hommes creux remplis de paille des poèmes d'Eliot.

Elle consulta sa montre. Il était déjà huit heures moins dix. Comment ferait-elle pour être chez elle à temps ?

« Oh, j'ai quelque chose pour toi, j'ai failli oublier », déclara-t-elle en l'entraînant vers l'entrée principale du parc.

Elle lui tendit une sorte de carnet plastifié bleu. Sur la couverture, il put lire les mots imprimés en lettres dorées, *Carte de la bibliothèque de Pékin*, mais elle ne ressemblait pas à celle des professeurs de l'université.

« Comme ça, tu pourras emprunter des livres pour ton mémoire, même si j'espère te revoir avant de partir. »

Sur la première page, en petits caractères, sous la photo d'un homme d'une cinquantaine d'années en veste Mao à l'air grave, il était précisé que le titulaire avait le droit d'emprunter dix livres à la fois – en chinois et en langue étrangère. C'était inespéré.

« C’est la carte de mon père », chuchota-t-elle.

Chen reconnut alors l’homme dont il avait souvent vu le portrait dans les journaux du Parti. Un membre du Politburo en pleine ascension, pressenti pour arriver un jour au sommet.

« Il n’a pas le temps de lire, autant que tu en profites. Au fait, personne ne te posera de question sur la carte. »

Le mystère qui enveloppait jusqu’alors la jeune fille s’éclaircit d’un coup. Son poste, ses privilèges, son invitation à la cantine du personnel, la clé de la section des livres rares – sans oublier son départ prochain pour l’Australie. Comment une bibliothécaire ordinaire aurait-elle pu bénéficier de tant d’avantages ? Il aurait dû s’en douter. Il n’avait pas l’étoffe d’un flic, comme aurait dit Eliot.

Aux côtés de Ling, il aurait accès à tout un tas de choses jusqu’alors inenvisageables. Pour commencer, il n’aurait aucun souci à se faire pour son attribution de poste à la sortie de l’université. Et il bénéficierait sûrement d’opportunités extraordinaires, pourquoi pas un séjour tous frais payés aux États-Unis, peut-être même dans la ville natale d’Eliot.

Mais tous ces bienfaits ne seraient pas le fruit de ses efforts personnels, seulement de sa présence à elle auprès de lui.

« Merci beaucoup », articula-t-il d’un ton sec, conscient soudain de son impolitesse.

Ils marchèrent encore quelque temps dans un silence semblable au vide du parchemin de la bibliothèque.

Il y a toujours une perte de signification/Dans ce que nous disons ou ne disons pas,/Mais aussi une signification/Dans la perte de la signification.

Au bout du sentier sombre, ils bifurquèrent devant un panneau indiquant la sortie. Hésitante, elle ralentit le pas, en apercevant la berline noire qui l'attendait dehors.

« C'est la voiture de mon père, dit-elle avec une pointe d'embarras, je dois me dépêcher de rentrer pour le dîner, on a de la visite…

– Je comprends, Ling. »

Puis, de but en blanc, il lança :

« Vous allez peut-être bientôt déménager.

– Pourquoi tu dis ça ? répliqua-t-elle, relevant le sarcasme de sa remarque.

– Vous seriez tout près de la bibliothèque… » Chen se retint de poursuivre, mais elle dut deviner ses pensées car une ride soucieuse vint creuser son front.

Elle tendit la main vers lui et la lune qui transperçait le ciel pâle jeta un reflet glacé sur ses bras nus.

« *Mais je crains dans les palais de jade et d'agate / Que le froid ne règne en si haut lieu.*

– Que veux-tu dire, Chen ?

– Oh rien. Je pense juste à un poème de Su Shi… »

Un chauffeur en livrée sortit précipitamment de la luxueuse limousine pour lui ouvrir la portière avec déférence. Chen doutait qu'il en fît autant pour lui.

Il n'y a pas d'histoire sans hasard

Min se glissa sous le manteau noir de la nuit, tremblante dans le vent glacé qui plaquait une résolution mouillée contre son visage. Sur tout le chemin, les feuilles jaunes tombaient en bruissements capricieux, aussi graves que des fiches divinatoires en bambou semées sur le sol délabré d'un temple.

Monsieur Kong, le Chinois d'outre-mer descendu à l'hôtel *Jing River*, aurait pu lui commander un taxi, mais il ne l'avait pas fait, préférant marmonner des politesses dérisoires en guise d'adieu, le visage aussi ratatiné qu'un kaki gelé sous les lumières du perron gardé de l'hôtel. Un homme d'affaires aussi habile que lui n'avait pas besoin de se mettre en quatre avant la signature d'un contrat. Elle n'avait pas encore pris sa décision, et il le savait bien.

C'était la première fois qu'il voyait Shanghai en ce début des années quatre-vingt. Les cheveux blancs, tel un sage hibou venu d'un autre monde, monsieur Kong ne savait pas qu'après avoir vu *Tasses de café*, un récent film de Kung Fu inaccessible aux Shanghaiens ordinaires, et mangé le délicieux *dimsum* du room service, Min avait raté le dernier bus. Elle aurait du mal à trouver un taxi à cette heure tardive et puis, elle n'avait pas les moyens, ce qui pouvait paraître inconcevable pour un

Chinois d'outre-mer en visite après plus de trente ans à l'étranger.

Elle dut marcher longtemps. Sous la pluie, la rue Huaihai était si glissante qu'elle était obligée d'avancer à petits pas prudents, zigzaguant entre les minuscules flaques.

Au fond, elle n'était pas réellement déçue du rendez-vous. Le nom de Kong lui avait été suggéré par madame Chen et non arrangé par une des entremetteuses du quartier comme Tante Yang. Madame Chen s'était donné beaucoup de mal pour lui retourner une « faveur » faite au début de la Révolution culturelle, quand elle avait aidé la famille à cacher quelques livres précieux.

Au début des années cinquante, monsieur Chen, qui vivait alors aux États-Unis, avait décidé de rentrer en Chine. Il laissait derrière lui un poste de titulaire à l'université et une grande maison où Kong effectuait parfois des travaux de jardinage – un épisode dont madame Chen n'avait jamais parlé à personne, pas même à son fils, pour ne pas leur attirer d'ennuis supplémentaires. Néo-confucéen de renommée mondiale, monsieur Chen avait été inquiété à son retour et il était mort brisé vers la fin de la Révolution culturelle. Des années plus tard, Kong, désormais à la tête de plusieurs entreprises de haute technologie, était venu à Shanghai sans oublier de rendre visite à madame Chen qui avait alors eu l'idée de proposer à Min de rencontrer ce bon parti.

« Je ne sais pas très bien ce qu'a fait Kong pendant toutes ces années, avait-elle expliqué avec sérieux, incapable de bouger dans le grenier aussi minuscule qu'un morceau de tofu, mais il est arrivé chargé de cadeaux et s'est prosterné devant la plaque de mon mari. Et il a proposé d'aider mon fils Cao à obtenir un bon poste quand il aura son diplôme. Il m'a promis qu'il parlerait de lui aux membres du gouvernement qui essaient de le convaincre d'investir à Shanghai. C'est comme s'il nous envoyait un sac de charbon au cœur de l'hiver. Un tel homme est digne de confiance. »

Madame Chen était inquiète de savoir où serait envoyé Cao, alors étudiant à Pékin, car il devait se voir attribuer un poste l'année prochaine. Que la promesse de Kong porte ses fruits ou non, elle en disait long sur sa loyauté.

Les parents de Min s'étaient empressés d'approuver l'initiative. Pour eux, un « Chinois d'outre-mer » était synonyme d'homme riche, capable d'acheter les produits les plus chers et les plus merveilleux de l'Occident, de descendre dans des hôtels cinq étoiles et de dépenser sans compter pour lui et tous les membres de sa famille, sans parler de la possibilité d'emmener sa femme vivre à l'étranger. La balance matérialiste avait immédiatement penché en faveur de Kong, bien qu'il eût vingt ans de plus que Min.

L'effort pour démêler toutes ces pensées confuses renforça la solitude qu'éprouvait Min sur le chemin du retour. La nuit ne faisait que commencer. Près de la rue Huangpi, un vélo branlant surgi de nulle part, sans sonnette ni lumière, éclaboussa l'eau de pluie sale sur son passage.

Min se pencha pour retirer ses chaussures. Elles étaient neuves et lui avaient coûté un mois de salaire. Était-ce un présage envoyé par la nuit obscure ? Marchant pieds nus dans la rue froide, elle se sentait étrangement fatiguée, nauséeuse. Elle avait dû boire trop de café noir à l'hôtel. Comment Kong pouvait-il prendre du plaisir à avaler une tasse après l'autre de ce breuvage amer ?

Madame Chen avait dû penser qu'un mariage avec Kong était la meilleure chose qui puisse arriver à Min, qui, à trente ans passés, se fanait déjà comme un chrysanthème de la veille.

Au début de la rue Ninghai, elle aperçut le marché alimentaire noyé dans une pénombre à peine brisée çà et là par la lumière de quelques lampes capricieuses. Le long de la rue pavée, des étals sordides et des comptoirs en béton, déserts à cette heure, se dressaient, avec ou sans toit, tels des monstres tapis dans les bois.

Songeant à la suite possible de son rendez-vous, le désespoir l'envahit à nouveau. Elle n'était ni séduisante ni jeune ; il fallait qu'elle soit réaliste. Bientôt, elle devrait renoncer définitivement au rêve d'épouser un homme de son âge, qui lui plaise, et à celui de quitter la pièce unique dans laquelle elle vivait depuis des années avec ses parents et ses frères serrés comme des sardines. Et la « tache indélébile » inscrite dans son dossier politique depuis qu'elle avait été arrêtée pour avoir embrassé un jeune homme dans le parc du Bund diminuait encore ses chances…

L'arête d'un pavé retourné sur le trottoir lui blessa le pied. À l'hôtel au moins, Kong avait fait preuve de considération, de délicatesse, en insistant pour qu'elle n'enlève pas ses chaussures alors qu'elle craignait de salir le tapis si luxueux et si doux de la chambre.

« Tu n'as pas le choix… »

Elle se retourna et essaya de repérer de quel coin sombre du marché venait la voix. Mais elle ne distingua qu'une longue rangée de paniers – en plastique, en bambou, en rotin, en bois, en paille, de toutes formes et de toutes tailles – alignés le long du comptoir de béton. Une pancarte en carton proposait de la courbine jaune, un poisson cher, succulent, très demandé dans cette ville, souvent écoulé quinze minutes après la sonnerie d'ouverture du marché. Les clients devaient faire la queue pendant des heures, parfois depuis la veille, mais à cette saison, il faisait trop froid pour attendre dehors. Les paniers laissés là représentaient leurs propriétaires qui viendraient dès les premières lueurs grises du matin prendre leur place dans la file, serrant des coupons de rationnement dans leurs mains gelées, les yeux encore brillants de rêves de famille heureuse réunie autour d'une table.

Un panier de bambou grinça soudain et dressa sa poignée en plastique comme pour pointer l'ombre invisible de Min debout au même endroit dans quinze ou vingt ans. Était-elle victime d'hallucinations nocturnes ? Elle se frotta les yeux.

Elle se demanda si la vie à Shanghai pourrait un jour ressembler à celle des villes américaines décrites par Kong. Derrière les hauts murs de la Cité interdite de Pékin, on disait que les dirigeants du Parti envisageaient des réformes. Mais que se passerait-il vraiment ? Nul ne pouvait le dire.

Le vent glacé la tira de sa rêverie. *Le temps et la marée n'attendent personne*, disait un poème oublié de la dynastie des Tang…

Bang bang bang. Elle leva la tête et aperçut une enfilade de pierres, de cordes, de briques et quelques paniers éventrés, menant à un autre comptoir proche d'un hangar déglingué. Un travailleur de nuit, le visage dissimulé dans le col relevé de son manteau matelassé, fracassait un gigantesque poisson congelé avant de lui couper la tête.

Elle resta inexplicablement figée devant la scène. Le panneau au-dessus du comptoir annonçait *Carpe sans tête*. Les Shanghaiens raffolaient du ragoût de tête de carpe, considérant les joues et les lèvres comme les meilleurs morceaux. Une fois les têtes coupées pour alimenter les cuisines des restaurants, les corps ne valaient plus grand-chose, d'où la file d'attente plus courte que celle de la courbine jaune.

Sur un autre marché, Min était comme la carpe : appréciable, mais ni délicieuse ni désirable pour le Chinois d'outre-mer dans son hôtel de luxe.

Elle frissonna en comprenant que sa décision était prise.

*

Un an plus tard, fraîchement diplômé de l'université de langues étrangères de Pékin, Chen fut finalement fixé sur son sort. Son dossier avait d'abord été envoyé au ministère des Affaires étrangères et il envisageait une carrière diplomatique, non pas comme un idéal, mais comme une option acceptable, quand l'intervention inattendue d'un « oncle d'Amérique » pendant la sélection avait définitivement ruiné ses chances. Mais comme dit le proverbe, *il n'y a pas d'histoire sans hasard*. Écarté d'une position en vue au ministère, il avait été recommandé pour un poste moins sensible qui venait de s'ouvrir dans un commissariat à Shanghai.

L'attribution des emplois par l'État étant perçue comme un avantage du système socialiste, les jeunes avaient depuis longtemps renoncé à choisir par eux-mêmes. Le Parti connaissait les besoins de l'économie planifiée, et malgré tous les problèmes liés au système arbitraire des quotas, il se réservait le droit de décider des orientations de carrière des jeunes diplômés. Dans le cas de Chen, suite à la nouvelle vague de propagande sur la place des intellectuels dans la réforme chinoise, la police venait d'augmenter son quota d'universitaires. Chen n'avait pas pu refuser. Aucune entreprise n'emploierait un homme qui avait tourné le dos aux directives du régime socialiste.

Mais ce bureau de police se trouvait confronté à un problème : ils n'avaient pas réellement besoin d'un diplômé d'anglais sans expérience de terrain. Cependant, selon le numéro un du bureau, le secrétaire du Parti Li, il y avait une raison à tout dans la Chine socialiste, et il avait lui-même eu l'idée de faire traduire à Chen un manuel de procédures de la police américaine.

« Maintenant que la grande réforme du camarade Deng Xiaoping est lancée, la Chine doit s'ouvrir au monde. Nous ne sommes pas obligés de reproduire le modèle occidental, mais ça ne peut pas nous faire de mal de voir comment les autres font ailleurs. Il est donc important que vous traduisiez ces documents pour le bureau. Vous êtes un des premiers universitaires à entrer dans la police. Bienvenue, camarade Chen Cao. »

Dans la « salle de lecture », Chen leva la tête de sa traduction. Personne ne s'intéressait au projet sur lequel il travaillait. Il ne savait toujours pas qui lirait ce texte une fois terminé. Il serait sans doute rangé intact sur une étagère ; il disparaîtrait sous la poussière jusqu'à tomber lui-même en poussière.

Au lieu d'un bureau ou d'un box, on lui avait assigné une table branlante dans la salle de lecture. Les visiteurs étaient rares et il passait la plupart de son temps seul à traduire ou à lire sans être dérangé. Mais l'étrangeté de son rôle, une sorte de bibliothécaire déguisé en policier, lui pesait de plus en plus. Il restait là, demi-flic au milieu des vrais flics.

Il retourna machinalement à sa traduction, une moitié de son esprit concentrée sur son travail, une autre en pleine divagation. Il pensa au célèbre slogan : *Chacun de nous doit être un boulon que l'État visse où bon lui semble*. Mais l'homme n'était pas un boulon. Et si le boulon était inadapté ? Inutile, il rouillerait sur place.

PREMIÈRE ENQUÊTE

Caviar, requin et crevettes ivres

Il était midi et demi quand Chen se leva pour descendre à la cantine.

Comme d'habitude, l'endroit était bondé. Il repéra le docteur Xia, assis tout seul dans un coin, qui agitait une main vers lui. Il s'approcha pour partager sa table. Personne ne rejoindrait ces deux spécimens à part, ces deux canards solitaires.

Le docteur Xia avait été nommé au département médico-légal au début des années soixante, malgré une spécialisation en chirurgie. C'était sans doute un des seuls « intrus » comme lui au sein de la police. Comme Chen, il n'était pas en mesure de se plaindre et il n'avait pratiquement rien eu à faire pendant des années, la conclusion de toutes les affaires étant déterminée à l'avance en fonction des exigences politiques. Quand la réforme de Deng Xiaoping s'était accélérée au milieu des années quatre-vingt, sa situation avait commencé à s'améliorer, mais il avait déjà plus de cinquante ans ; l'âge de la retraite était proche.

« Le porc braisé en sauce a l'air pas mal, mais… ricana Xia en pointant une baguette vers le bol en émail écaillé de Chen.

– Mais quoi ?

– Tu arrives trop tard. Devine ce qu'ils servaient tout à l'heure ? De la cervelle de porc. J'en ai mangé deux portions. Bien cuite, baignée de vin de riz jaune, avec du gingembre et des oignons verts. Tout est parti en deux minutes. » Les deux hommes avaient comme autre point commun une véritable passion pour les plats exotiques. « Tu sais ce qu'on dit : la partie de l'animal avalée renforce la partie du corps humain correspondante. »

Chen le savait bien. Au début des années soixante, en pleine pénurie alimentaire, sa mère avait eu une hépatite et il avait dû aller à l'aube au marché, braver une queue de plusieurs heures, pour lui acheter chaque jour une tranche de foie de porc.

« Mais tu n'as pas à t'en faire, docteur Xia. Tu es le cerveau du bureau, tout le monde le sait.

– Figure-toi que la cervelle de porc pourrait me faire du mal, c'est bourré de cholestérol. Mais je ne peux pas résister à cette texture moelleuse et crémeuse quand elle est bien cuite. Cela dit, la croyance populaire est parfois mystérieuse. Il paraît que les œufs de poissons sont mauvais pour le cerveau. D'où ça peut venir ? Si c'est vrai, les gourmets occidentaux doivent tous être idiots. »

Xia parlait du caviar, devina Chen. Il en avait goûté au *Friendship Hotel* en compagnie d'un professeur de littérature écossais. Il n'avait pas vraiment aimé ça, peut-être par manque d'habitude.

« Enfin quelle importance ? Je serai bientôt à la retraite. *Hélas, des années passées sans exploit, / aucune opportunité avant d'être gris et vieux. / Si seulement le général Li avait servi sous le premier empereur de la dynastie des Han…* » soupira-t-il en citant ses vers préférés du poète Liu Kezhuang, de la dynastie des Song.

Esprit brillant de la dynastie des Han, le malheureux général Li n'avait obtenu aucune reconnaissance de la part de son empereur méfiant. Un autre facteur expliquait que les deux gourmets en soient venus à partager leur déjeuner : le docteur Xia était passionné de poésie chinoise classique, bien qu'il n'eût aucun goût pour les poèmes modernistes de Chen.

« Mais toi, tu auras des opportunités, Chen, continua Xia. Nous sommes dans une époque nouvelle. Tu es encore jeune ! Si tu t'intéresses tellement à Eliot, pourquoi pas une maîtrise de littérature comparée ?

– Ma mère aussi aimerait que je m'inscrive en maîtrise, mais pour ça, il faudrait que j'obtienne l'autorisation du secrétaire du Parti Li. Et même avec son accord, je ne suis pas sûr de réussir l'examen d'entrée. Et puis, que diront les gens du bureau ?

– C'est vrai. Dans notre système, si on ne veut pas gâcher sa vie, on doit se contenter du poste qu'on nous donne. Après tout, qui sait combien de temps on va devoir attendre qu'il nous arrive quelque chose… Oh, tu sais pourquoi j'ai choisi la cervelle de porc aujourd'hui ? lança Xia en changeant complètement de sujet. Devine ! À cause de la dernière affaire de la brigade criminelle.

– De quoi parles-tu ?

– De recettes exotiques. Ce matin, la brigade criminelle m'a envoyé un corps. Quand je l'ai ouvert, j'ai été étonné par le mélange d'aliments dans son ventre.

– Quel mélange ?

– Un vrai pot-pourri. Des combinaisons de saveurs étonnantes, ajouta Xia avec emphase. D'abord, une assez grande quantité d'œufs de poissons non digérés, les plus gros et les plus noirs que j'aie jamais vus.

– Du caviar !

– Exactement. Et autre chose… Un peu comme des nouilles de haricots, mais elles n'avaient pas été digérées par les sucs gastriques.

– Étrange. Laisse-moi deviner. De l'aileron de requin ?

– Encore dans le mille. Pour un jeune gourmet, Chen, je te trouve très érudit.

– Je connais ce plat à cause d'une gaffe honteuse que j'ai commise il y a un an. Un oncle m'a invité dans un restaurant de luxe et m'en a commandé un petit bol. J'ai tout mangé en trois bouchées sans rien trouver de spécial au goût. De simples nouilles transparentes. Ce n'est qu'à la fin du repas que j'ai compris que j'avais mangé de l'aileron de requin. Mais c'est vraiment bizarre, quand on y pense, que la victime ait eu du caviar et de l'aileron de requin en même temps dans son estomac.

– Exactement. L'Occident et l'Orient. Maintenant, imagine qu'on y ajoute des crevettes ivres ! Un plat typique de la cuisine de Ningbo. Incroyable, non ?

– Alors là, ça me dépasse. Des crevettes ivres ! Tu sais autre chose sur lui ?

– Non, son identité n'a pas encore été confirmée, répondit Xia en hochant la tête. L'affaire sera sûrement classée d'ici une ou deux semaines…

Après le déjeuner, Chen ouvrit le courrier qui lui avait été porté dans la salle de lecture. Il trouva un colis de Shang, un ami de l'université diplômé en français, contenant une édition de *L'Insoutenable Légèreté de l'être* en anglais et un mot proposant d'unir leurs forces pour traduire le roman.

C'est un texte si poétique. Il a besoin d'un poète comme toi pour lui rendre justice en chinois. Tu as beaucoup de temps pour toi, non ?

Beaucoup de temps pour soi, c'était vrai… Il n'avait pas besoin de passer toute la journée à traduire des procédures de police, du moins le secrétaire du Parti Li ne semblait pas pressé de les lire. Et il avait beaucoup entendu parler du roman. Le projet était tentant. Mais traduire à deux à partir de deux langues différentes s'annonçait périlleux. Et puis, que se passerait-il s'il était pris en train d'exercer une autre activité en douce au bureau ?

Si le livre était lié à son travail, il pourrait se justifier en expliquant qu'il tentait de se familiariser avec les procédures de police. D'ailleurs, il s'était mis à lire des polars avec le plus grand sérieux et ce, en toute bonne conscience. Certains donnaient à réfléchir, offraient un point de vue sociologique. Et par le plus grand des hasards, justement, un éditeur basé à Guilin lui proposait d'en traduire un contre une rémunération alléchante. Il pourrait facilement lire au bureau et traduire chez lui, dans sa mansarde.

Le cours de ses pensées le ramena vers la conversation qu'il avait eue à la cantine avec le docteur Xia. Oubliant ses intérêts personnels, Xia avait accompli un travail remarquable durant toutes ces années au département médico-légal et il était à présent considéré comme une référence dans son domaine. Sa présence ici était largement justifiée. Qu'en était-il de Chen ? Pourquoi ne pouvait-il pas participer au travail de terrain ? D'un point de vue réaliste, il avait intérêt à tirer le meilleur parti de sa situation en attendant qu'une autre opportunité professionnelle se présente.

Alors il se décida à rendre visite à l'inspecteur Ding, le chef de la brigade criminelle, sous prétexte de l'interroger sur des termes techniques pour sa traduction, ce dont il avait par ailleurs réellement besoin.

Policier aguerri d'une quarantaine d'années au visage taillé à coups de serpe, l'inspecteur Ding l'accueillit dans son bureau avec un air de surprise peu amène. À la fin des questions techniques, Chen aborda le sujet du cadavre autopsié par Xia.

Il n'apprit rien de neuf de la part de l'inspecteur Ding, mais nota une pointe d'impatience ou de frustration chez son supérieur.

« Pour l'instant, la victime ne correspond à aucune description de personnes disparues », dit Ding en sortant de son tiroir une photo du défunt : un homme à lunettes de soixante à soixante-dix ans, rasé de près, le visage ridé. « On va devoir lancer un appel à témoins.

– Il y avait des marques sur le corps ?

– Aucune trace de lutte, ni sur le corps ni sur les lieux. Le crâne brisé d'un coup.

– Quand a-t-il été découvert ?

– Le lendemain de sa mort. D'après Xia, il est mort avant minuit. Ça fait quatre jours. C'est bizarre qu'aucun membre de sa famille n'ait remarqué sa disparition ou n'ait appelé la police, à moins qu'il n'ait vécu seul.

– Où a-t-il été découvert ?

– Rue du Zhejiang, près de la rue Tianmu.

– C'est tout près de la gare…

– On y a pensé. Il se peut qu'on doive attendre encore quelques jours avant que des proches d'une autre ville se manifestent. » L'agacement de Ding devenait palpable ; pour la première fois, il regarda Chen dans les yeux.

Visiblement, l'inspecteur ne prenait pas l'affaire au sérieux. La brigade manquait de personnel. Si la victime venait d'une autre province, l'enquête sortirait de sa juridiction.

« Vous avez beaucoup d'expérience, inspecteur Ding, remarqua Chen en se levant pour partir. J'ai fait des études de langue, mais je fais maintenant partie de la police et je compte bien apprendre les rouages du métier. Surtout grâce à des anciens tels que vous.

– Si vous êtes vraiment intéressé, dit Ding en se levant pour attraper une enveloppe de papier kraft posée sur le bureau, voilà le rapport de la scène de crime. Mais c'est sûrement moins palpitant que vos polars anglais.

– Merci », répondit Chen en s'emparant du dossier.

L'inspecteur avait manifestement eu vent de son « travail » dans la salle de lecture.

*

Le soir même, Chen alla rendre visite à un ami du collège, Lu, surnommé Lu le Chinois d'outre-mer, un gourmet encore plus incorrigible que Xia. Pour le docteur, il fallait manger pour vivre, mais pour Lu, c'était le contraire.

Il trouva Lu en train de préparer une soupe de poisson. Le couvercle de la casserole à la main, il salua Chen sans lever les yeux de la préparation fumante.

« Le poisson-mandarin était à peine mort quand je l'ai acheté au marché, les yeux encore clairs malgré la fin de journée. Pour la soupe, je fais frire le poisson, j'ajoute de l'eau bouillante et une tranche de jambon de Jinhua qui me reste du nouvel an et je laisse mijoter à petit feu pendant deux ou trois heures. Tu vas pouvoir te régaler avec moi ce soir. Je te promets que tu ne regretteras pas d'avoir attendu. La soupe blanche laiteuse sera si délicieuse que tu t'en mordras la langue. »

Chen était habitué aux exagérations passionnées de Lu. Il accepta en souriant et s'assit.

« En attendant, Lu, j'aimerais te parler d'un étrange mélange d'aliments dans le ventre d'un homme – sur une table d'autopsie.

– Quoi ! Une énigme gastronomique ? Eh oui, tu es flic maintenant, c'est normal. Vas-y, je t'écoute. »

Tandis que la soupe bouillonnait doucement, Chen répéta ce que le docteur Xia lui avait dit, avec les mêmes mots, pour être sûr de n'oublier aucun détail.

« Tu t'adresses à la bonne personne, dit Lu, une évidente fierté dans la voix. Je garde un morceau d'aileron de requin que m'a offert mon cousin de Hong Kong. On le mangera ensemble la prochaine fois. En ce moment, je m'essaie à des recettes exotiques…

– Mais c'est plus qu'exotique, s'empressa d'intervenir Chen. Du caviar et de l'aileron de requin dans le même repas. L'un typique de l'Occident et l'autre, symbole de l'Orient. Sans parler des crevettes ivres. Comment est-ce possible ? Même dans mes rêves les plus fous, je ne peux imaginer ces plats ensemble.

– Eh bien, c'est une nouvelle mode de notre ville magique que tu ignores encore. Laisse-moi te poser une question d'abord. Quelle cuisine sert-on chez *Xinya*, dans la rue de Nankin ?

– De la cuisine cantonaise. On y est allés plusieurs fois ensemble.

– Oui, tu adores leur bœuf à la sauce d'huître. Si tendre qu'il fond presque tout seul sur la langue. Et au *Pavillon du nuage* ?

– De la cuisine pékinoise.

– Tu n'as pas oublié le canard laqué qui a failli avoir raison de nous là-bas, j'espère ?

– Bien sûr que non. »

Le souvenir datait de leurs années au collège. Ils avaient économisé assez d'argent pour s'offrir un « canard trois façons » – peau de canard enveloppée dans des crêpes, tranches sautées et haricots verts et soupe avec la carcasse. Mais à la fin du repas, le restaurant leur avait fait payer les crêpes, les oignons verts, la sauce – tout un tas d'ingrédients qui ne figuraient pas sur le menu affiché dehors. Lu avait dû courir chez lui chercher de l'argent.

« À l'époque, c'était simple, chaque restaurant proposait un type de cuisine. Mais ce n'est plus comme ça aujourd'hui. Ne me demande pas si c'est une bonne chose ou non. La semaine dernière, avec un ami, on a commandé du bœuf à la sauce d'huître, du canard laqué et de la soupe aux boulettes de poisson du Fujian, le tout magnifiquement servi en même temps sur la table. Mais j'avoue que ça n'était pas si mal, un peu comme manger dans trois restaurants à la fois. C'est la dernière tendance, on appelle ça la fusion, tu sais.

– Mais, la fusion de l'Occident et de l'Orient ?

– J'avoue que c'est étrange. On ne trouve pas ça même dans les restaurants à la mode… reprit Lu en hochant la tête d'un air méditatif. Oh, j'y pense ! Il y a un nouveau truc, ça s'appelle la "cuisine privée", c'est très en vogue chez les nouveaux riches.

– La cuisine privée ?

– Aujourd'hui, les gens vont dans des restaurants quatre ou cinq étoiles avec des attentes très hautes. Pourtant autrefois, les dîners les plus appréciés étaient préparés dans des cuisines privées. Et crois-le ou non, par des concubines ou des courtisanes. Comme dit le dicton, *la meilleure façon de séduire un homme, c'est par le ventre*. La cuisinière choisissait donc les aliments les plus frais et les plus goûteux sans compter à la dépense et sans ménager sa peine. Les crevettes trempées dans l'alcool, par exemple, seraient peut-être trop simples pour un restaurant de luxe, mais pour un vrai gourmet, ce qui compte, c'est ce qui lui fait envie sur le moment. Imagine la sensation unique de la crevette qui saute et gigote sur la langue. Au fait, tu connais l'histoire de la perche de la rivière Songjiang…

– Oui, j'ai lu un poème là-dessus, intervint rapidement Chen pour empêcher Lu de se lancer dans une de ses longues tirades épicuriennes. Zhang Jiying, un haut dignitaire de la dynastie des Jin, avait tellement de mal à se passer de poisson qu'il avait démissionné de son poste dans la capitale pour retourner dans sa ville natale, le seul endroit où trouver de la perche vivante. Une décision célébrée et commentée par de nombreux critiques et poètes. Xin Qiji, de la dynastie des Song du Sud, déclara par exemple en soupirant : *Ne me dites pas que la perche est succulente. / Alors que le vent d'Ouest se lève, / Jiying n'est toujours pas de retour*.

– Oh, la soupe de poisson ! fit tout à coup Lu en se levant d'un bond. Il faut que j'ajoute le poivre noir fraîchement moulu. »

Une fois les deux bols placés entre eux, la conversation laissa place à une succession d'interjections de Lu ponctuées de tintements de cuillères. La soupe brûlante, blanche de lait, ravissait les papilles de Chen.

À la fin du repas, quand Lu le raccompagna à la porte, il était onze heures passées.

« Il est allé près de la gare, non ? demanda soudain Lu, repu, un cure-dents en bambou dans la bouche.

– Oui, comment tu le sais ?

– C'est la soupe qui m'a donné une illumination. Ne t'en fais pas. Je te tiens au courant très vite. »

*

Dès le lendemain, alors que Chen s'apprêtait à descendre à la cantine, il reçut un appel de Lu.

« C'est bien ça ! Une cuisine privée pas très loin de la gare, connue seulement dans un certain milieu. Hors de prix.

– Tu es très efficace, Lu.

– Apparemment, le chef, qui est aussi le propriétaire, descend d'une famille qui cuisinait pour la famille royale des Qing ; on dit qu'il puise son inspiration directement dans les recettes impériales. L'endroit est minuscule. La salle ne peut accueillir qu'une seule table ronde. Pas de carte. Le chef choisit chaque jour les produits les plus frais du marché. Il faut réserver des semaines à l'avance. Pour économiser les frais, les clients acceptent parfois de partager la table et dans ce cas, les plats sont servis à l'occidentale, avec une cuillère pour chaque plat et des assiettes individuelles. Chacun paie ensuite ce qu'il a mangé…

– C'est intéressant, dit Chen, obligé de l'interrompre pour éviter de nouvelles digressions culinaires. Donne-moi le nom et l'adresse. J'y vais tout de suite. »

Il sortit du bureau sans déjeuner à la cantine.

Une demi-heure plus tard, il approchait d'une vieille maison *shikumen* tapie au fond d'une cité tortueuse donnant dans la rue du Zhejiang. Au-dessus de l'entrée, un petit panneau à peine visible annonçait : *cuisine privée de Tang*. Par la porte entrouverte, il aperçut une cour jonchée d'objets qui servait à l'évidence de cuisine ouverte, avec de grandes bassines pleines de poissons, de crevettes, de légumes et d'autres ingrédients indescriptibles. De l'autre côté de la cour, il distinguait la pièce principale avec sa table ronde recouverte d'une nappe et derrière, un paravent de laque qui masquait une vieille échelle branlante menant au grenier aménagé où devait dormir toute la famille.

Dehors, dans un coin, un homme d'une cinquantaine d'années préparait le dîner. Vêtu d'un gilet violet de style Qing et d'un tablier gris à la place du traditionnel uniforme blanc des cuisiniers, il était occupé à écailler un poisson vivant sur une planche en bambou.

Jadis les hirondelles nichaient dans les manoirs des Wang et des Xie / Maintenant elles volent sous les humbles auvents des gens du peuple...

En avançant vers le chef en costume impérial, Chen songeait aux vers de la dynastie des Tang. Il se présenta en tant qu'écrivain chargé de rédiger un article sur le restaurant et sortit même pour preuve sa carte de membre de l'Association des écrivains.

« Ce restaurant perpétue notre glorieuse tradition culinaire vieille de milliers d'années. J'apprécie beaucoup votre démarche. Je compte bien rédiger un bel article. »

Tang, le propriétaire en habit violet, accueillit l'idée avec enthousiasme. Il n'était pas contre un peu de publicité.

Chen n'eut aucun mal à jouer son rôle, étant réellement membre de l'association et gourmet autodidacte de surcroît. Après dix minutes de questions sur le restaurant, il déclara : « Pour les besoins de l'article, j'ai interrogé plusieurs gastronomes de la ville. L'un d'eux, nommé Lu, a beaucoup entendu parler de votre restaurant, surtout par un vieil ami à lui. »

Chen sortit de son carnet la photo du mort glissée entre deux pages.

« Oh, vous connaissez Fu ?

– Oui, c'est lui, répondit tranquillement Chen tout en enregistrant le nom. Sa notoriété dépasse les cercles gourmets de la ville.

– Ah bon ? Moi, je le vois comme un homme modeste, à l'ancienne, qui ne se vante jamais. »

Manifestement, Tang ignorait que son client avait été tué tout près de son restaurant.

« S'il vous plaît, pour les besoins de l'article, parlez-moi de monsieur Fu. Votre point de vue m'intéresse.

– C'est un de nos clients réguliers. Il y a cinq jours. Attendez… » Tang sortit un cahier de sous une pile de vieux journaux. « C'est ça, il y a cinq jours, il est venu dîner. Il a partagé la table ronde avec neuf convives…

– Oui, c'est très pratique de partager la table. Autre chose ?

– Il est gentil, mais il réserve toujours pour une personne. Il a de l'argent, à l'évidence, mais il ne s'habille pas comme un Gros-Sous. Il est assez réservé. On sait peu de chose sur lui.

– Il a appelé pour réserver ?

– Oui, parfois c'est même nous qui l'appelons. Pour le tenir informé des nouveautés ou le prévenir des opportunités de partage de table. Ce n'est pas toujours possible, vous savez.

– Vous avez son numéro ?

– Le numéro du téléphone du quartier, répondit Tang en sortant son carnet d'adresses. Il habite cité de la Poussière Rouge, au croisement de la rue de Jinling et de la rue du Fujian, dans les anciennes concessions françaises.

– Cité de la Poussière Rouge, dit Chen en recopiant l'adresse dans son carnet. Au fait, avez-vous remarqué quelque chose d'inhabituel chez lui la dernière fois ?

– Non, non, pas que je me souvienne. Il était satisfait, comme toujours. Il est venu au moins quinze fois. Mais pourquoi cette question ?

– Pour l'article, je veux être le plus objectif possible. C'est bon de savoir qu'il ne s'est pas plaint, expliqua Chen en se levant. Je reviendrai sûrement. Merci beaucoup, Tang. »

Il remarqua alors, sur une étagère toute proche, un plat en inox rempli de morceaux de poisson frits qui marinaient dans une sauce marron.

« Une de nos spécialités. Une recette de carpe vivante, annonça Tang avec une fierté non dissimulée. Cuite dans un grand wok à feu vif, puis marinée pendant des heures dans une sauce soja dont nous avons le secret, avec du sucre et des épices. »

Chen lui fit mettre deux morceaux dans une boîte pour sa mère. C'était plus cher qu'il ne pensait, mais il savait qu'elle apprécierait.

En rentrant au bureau, Chen s'essaya à raisonner comme un flic. Le plus probable était qu'il s'agissait d'un vol avec agression, comme l'avait dit l'inspecteur Ding.

Pourtant, certains détails ne collaient pas. Tout d'abord, comment un homme d'aspect modeste avait pu être la cible d'un voleur désespéré et plus précisément à cet endroit ? Ce n'était pas un quartier résidentiel prisé où les gens se promènent avec des portefeuilles gonflés, ni un quartier pauvre hanté par des miséreux prêts à passer à l'acte. Sans parler du fait qu'il n'y avait aucune trace de lutte, ni sur les lieux, ni sur le corps de la victime. Un unique coup fatal.

Il y avait une autre incongruité dans le rapport de police. Le voleur avait pris le portefeuille de Fu, mais il avait laissé un diamant dans sa poche de veste. Le meurtrier avait pu être interrompu par un passant, pourtant le corps n'avait été découvert que quatre ou cinq heures plus tard.

Et maintenant qu'il savait que le défunt était un vieil homme du centre-ville, une nouvelle question surgissait. Comment quatre ou cinq jours avaient pu passer sans que personne signale sa disparition à la police ?

Chen hésita à se rendre directement à la cité de la Poussière Rouge, mais il décida de retourner d'abord au bureau. Peut-être qu'en apprenant l'identité de la victime, l'inspecteur Ding commencerait à s'intéresser à l'affaire.

*

En pénétrant dans le bureau de son supérieur, Chen se rappela qu'aux yeux de ses collègues, il n'était pas vraiment policier. Il avait intérêt à en dire le moins possible sur ses démarches.

« Ce n'est peut-être qu'une coïncidence, inspecteur Ding… commença Chen avec déférence.

– Que voulez-vous dire ? demanda Ding en le toisant.

– J'étais en train de déjeuner avec un ami, un incorrigible épicurien comme le docteur Xia et, entre les plats, je lui ai parlé du cadavre de la rue du Zhejiang. Notamment de la fusion inattendue des aliments encore intacts dans son estomac. Mon ami m'a dit qu'il connaissait un restaurant qui pouvait servir ce genre d'incroyable mélange culinaire.

– Quoi ? Comment s'appelle votre ami ?

– À ce sujet, j'ai une faveur à vous demander, inspecteur Ding. Il ne veut pas être impliqué dans une affaire d'homicide. Je lui ai promis de ne pas citer son nom.

– En quoi cela peut-il nous aider alors ? Vous pouvez me donner le nom du restaurant au moins ?

– *La cuisine privée de Tang.* Mon ami pense aussi connaître le nom du défunt, Fu Donghua. Il a dîné avec lui quelques fois.

– C'est une piste. On va vérifier ça.

– D'après mon ami, Fu habitait la cité de la Poussière Rouge, au croisement de la rue de Jinling et de la rue du Fujian.

– Vraiment ?! s'exclama Ding en se dépêchant d'attraper son téléphone avant que Chen puisse ajouter un mot. Opérateur, donnez-moi le numéro du comité de quartier de la cité de la Poussière Rouge… »

Chen hésita, puis prit congé sans attendre que la communication soit établie. Sa présence n'était peut-être pas bienvenue pour la suite, même si c'était lui qui avait trouvé ces indices. Ding fit un vague geste de la main, mais n'essaya pas de le retenir.

De retour dans la salle de lecture du commissariat, il ouvrit *Roseanna* de Maj Sjöwall et Per Wahlöö. Il se plongea dans cette enquête ardue où un inspecteur suédois suit une fausse piste après l'autre.

Avant que la moindre avancée ait été accomplie par les personnages, le téléphone sonna dans la salle de lecture.

« Fu a bel et bien disparu depuis plusieurs jours, annonça Ding à l'autre bout du fil. Nous avons de la chance aujourd'hui, Chen. J'irai chez lui demain à la première heure. Dites-moi si vous avez du nouveau du côté de votre ami.

– Ce n'est que le fruit du hasard », répondit Chen, surpris par l'emploi du pronom « nous ».

Conversation du soir

Tôt le lendemain matin, en route vers la cité de la Poussière Rouge, l'inspecteur Ding ne put s'empêcher de douter du « fruit du hasard » récolté par le jeune Chen Cao. Les flics ne croient pas beaucoup au hasard. C'était assez improbable que l'ami de Chen soit apparu au moment opportun pour établir l'identité de la victime, seulement d'après la description d'aliments trouvés dans son estomac. Chen essayait-il d'influencer l'enquête en douce ?

Malgré la rumeur sur ses activités en salle de lecture, l'inspecteur Ding ne nourrissait aucun grief personnel contre lui. Certains prétendaient qu'il préparait un examen d'entrée en maîtrise, d'autres qu'il écrivait des poèmes modernistes et aspirait à une tout autre carrière. Sans poste à son goût, on pouvait comprendre qu'un jeune homme s'essaie à différentes choses. Mais pourquoi s'intéressait-il tant à ce dossier ?

Ding ralentit le pas, se retourna, entra dans une cabine téléphonique au coin de la rue du Henan et appela son assistant, Liao.

« Ne vous en faites pas, gloussa Liao après avoir écouté les inquiétudes de Ding. En admettant que Chen s'intéresse à l'affaire, qu'est-ce que vous voulez que ça change ? Il n'a ni entraînement ni expérience.

– Chen a déjà réussi à identifier la victime. Toute autre découverte de sa part serait une humiliation pour la brigade. Nous avons intérêt à garder l'œil ouvert. »

Ding se rassura en songeant qu'il préservait l'avantage. Officiellement, c'était son affaire, personne ne pouvait douter de son autorité.

Dans le bureau du comité de quartier, tapi près de l'entrée du fond de la cité, un homme d'une cinquantaine d'années reçut Ding avec tout le respect dû à sa fonction et lui remit un rapport détaillé de trois pages. Jun, le chef du comité, avait bien travaillé depuis leur conversation téléphonique de la veille.

« Vous pouvez lire ici, inspecteur Ding. Je vais aller dans l'autre pièce… Oh, en fait, je crois que je vais d'abord passer chez moi. »

En sortant, Jun installa une pancarte *Fermé* sur la porte. Ding se plongea aussitôt dans le récit de la vie de Fu.

Celui-ci avait vécu plus de quarante ans dans une maison *shikumen* située vers le milieu de la ruelle. À la fin des années quarante, il avait monté un commerce de fruits de mer, dans sa cour, ce qui, après 1949, lui avait valu l'étiquette de capitaliste. En 1966, au début de la Révolution culturelle, sa femme et lui avaient subi une violente critique de masse au cours de laquelle elle était morte subitement. Peu de temps après, son fils Xiaoqiang et sa fille Hongxia avaient déménagé, un geste politique visant à se dissocier de la famille. Depuis, Fu vivait seul. Ces dernières années, sa situation financière s'était nettement améliorée, mais il avait refusé les offres de réconciliation de ses enfants, préférant engager une bonne, Meihua, pour l'aider aux tâches ménagères. Dans la cité, il était perçu comme un homme excentrique qui communiquait peu avec ses voisins.

Ding apprit que Xiaoqiang et Hongxia se trouvaient justement dans la cité d'où ils essayaient de chasser la bonne en pleurs. Il les convoqua immédiatement dans son bureau. Tous deux tenaient des propos incohérents, soucieux de justifier leur attitude passée vis-à-vis de leur père. La seule chose qui étonna l'inspecteur Ding fut leurs plaintes conjuguées à l'égard de Meihua qu'ils traitaient de manipulatrice cupide.

Vers trois heures de l'après-midi, il estima qu'il en savait suffisamment sur la saga familiale et que toutes ces histoires n'avaient sans doute que peu de rapport avec le meurtre.

« Le corps de leur père n'est pas encore dans la tombe, remarqua Jun après leur départ, les sourcils sévèrement froncés, et ils se disputent déjà comme des chiffonniers.

– Ils restent ses enfants.

– Il veut les déshériter. »

Jun entreprit alors de décrire l'animosité qui régnait entre Fu et ses enfants. Mais l'homme n'avait laissé aucun document légal qui les privât de leur héritage et n'avait pas non plus fait part de ses volontés au comité de quartier. Ding écouta patiemment le compte-rendu de Jun, le remercia et quitta le bureau.

Il décida de rentrer à pied, au moins pour une partie du trajet, afin de mettre un peu d'ordre dans ses idées confuses. Un chat noir surgit d'une ruelle pavée. Par superstition, il cracha trois fois par terre pour éloigner le mauvais sort.

Dans le cadre d'une enquête comme celle-ci, la première question était de savoir à qui profitait le crime. La réponse paraissait simple. Les enfants de Fu. Mais cela ne tenait pas ; personne n'avait entendu parler d'un document les déshéritant.

D'après Xiaoqiang et Hongxia, seule Meihua, la bonne cupide, avait un mobile clair. Mais elle n'avait rien à gagner de la mort de son patron. D'après Jun, aucune disposition n'avait été prise pour elle. En l'accusant, les enfants essayaient peut-être de détourner l'attention.

Ding repensa au mystérieux ami de Chen. Il pourrait peut-être leur fournir plus d'informations. Finalement, il prit le bus pour se rendre rapidement au bureau.

*

Le jour déclinait. Chen lisait *Roseanna* quand l'inspecteur Ding fit irruption dans la salle de lecture.

« C'est une enquête suédoise, dit Chen en désignant la couverture du livre qui représentait le corps d'une noyée. J'essaie d'apprendre quelques techniques.

– Je reviens tout juste de la cité de la Poussière Rouge, déclara Ding en prenant une chaise. D'après le chef du comité de quartier, Fu avait dit à sa bonne, Meihua, qu'il irait peut-être à Suzhou par le train de nuit goûter des plats de saison. Elle a d'abord pensé qu'il avait prolongé son séjour, c'est pour ça que personne n'a signalé sa disparition.

– Oui, ça sc tient, répondit Chen. Et le restaurant est tout près de la gare… »

Sans laisser à Chen le temps de poursuivre, Ding sortit deux cassettes audio.

« Voilà les enregistrements des interrogatoires des enfants de Fu, Xiaoqiang et Hongxia. Vous y trouverez peut-être quelque chose. Le vieux refusait de les voir depuis la Révolution culturelle.

– Vous croyez qu'ils pourraient être impliqués ? »

Chen vit un pli soucieux creuser un instant le front de son supérieur. Influencé par sa lecture, le jeune flic prenait peut-être un peu trop d'assurance.

« Les histoires de familles sont comme dans le proverbe : difficile, même pour un juge incorruptible, de démêler le vrai du faux… Mais vous vous intéressez sérieusement à l'affaire, n'est-ce pas ?

– C'est une première pour moi et je suis curieux d'entendre un véritable interrogatoire de police. Merci beaucoup de m'offrir cette chance, inspecteur Ding.

– Le secrétaire du Parti Li vient de m'appeler. Les gens du gouvernement municipal commencent à parler de cette histoire. Il doit y avoir des intérêts qui nous dépassent, ajouta-t-il après réflexion. Dites-moi si vous obtenez d'autres indices de votre ami gourmet, n'importe quel détail concernant Fu. »

Chen s'était d'abord dit que son travail était terminé, que pour une première tentative, l'essai avait été assez concluant. Et puis, vis-à-vis des autres policiers, il n'avait sûrement pas intérêt à faire trop de zèle. Affaire classée.

Mais Ding lui avait confié les cassettes. Il n'arrivait pas à se défaire de l'idée que l'inspecteur n'appréciait pas beaucoup son intrusion. Pourtant, ses encouragements à sonder à nouveau son ami ressemblaient fort à un feu vert.

Et puis, ce premier succès avait éveillé son intérêt, aussi limité soit-il. Il se leva et inséra l'enregistrement du fils dans un vieux lecteur. Avant de lancer la lecture, il sortit un paquet de café instantané et le mélangea dans une tasse à l'eau tiède d'un thermos en bambou.

Oui, c'est vrai, pendant la Révolution culturelle, on a été durs avec lui. Mais qui n'a pas souffert à l'époque ? Son statut de classe a jeté l'opprobre sur notre famille et à cause de lui, j'ai eu beau travailler dur, je ne suis arrivé à rien. Jamais de promotion. Jamais de prime. Sans parler de la discrimination que j'ai subie.

Réfléchissez une seconde. Même la fille de Liu Shaoqi a dénoncé son père en public. Vous vous rendez compte, même la fille du président de la République populaire de Chine ! Qu'est-ce que je pouvais faire d'autre ? Vous savez que je n'avais pas le choix. Et en réalité, ça n'était pas bien méchant. J'ai seulement écrit une déclaration à moitié sincère contre lui, nettement moins pire qu'une dénonciation publique. Et c'est pour mon fils que j'ai quitté la cité, pour qu'il ne grandisse pas comme moi dans l'ombre du passé de son grand-père. On peut comprendre ça, non ?

À la fin de la Révolution culturelle, j'ai voulu revenir m'occuper de lui. Je croyais sincèrement que c'était de notre devoir de l'aider. Ça n'a rien à voir avec sa fortune inattendue. Je suis ingénieur, je m'en sors très bien, je ne cours pas après son argent, pas du tout.

Cela dit, Hongxia a beaucoup moins de chance que moi. Elle a souffert au moins autant que notre père. Elle s'est mariée une première fois sans réfléchir, comme une fille perdue, juste pour obtenir le statut d'ouvrière. Et ensuite ? Dès la lune de miel, son mari a commencé à la maltraiter en se servant de notre passé familial comme excuse. Ils ont divorcé moins de trois ans après. Son deuxième est encore pire que le premier. Un ancien Garde rouge qui a perdu tout son argent dans des combats de grillons et qui croule sous les dettes. À son âge, elle peut difficilement envisager de le quitter pour en épouser un troisième…

Ce récit en vrac restait confus pour Chen. Contrairement à l'inspecteur Ding, il n'avait pas lu l'histoire complète rassemblée par le comité de quartier. Cependant, quelques détails le troublaient. Non pas qu'il s'agît d'indices potentiels, mais parce qu'ils lui rappelaient son propre passé.

Pour se changer les idées, Chen inséra la cassette de la fille. Elle n'était pas complètement rembobinée et démarra quelque part au milieu de l'interrogatoire.

Je sais que malgré le temps, il ne nous a jamais pardonné. Mais qu'est-ce qu'on pouvait faire d'autre ? À l'école, une fille de ma classe a été battue parce qu'elle refusait de dénoncer sa famille ; elle est handicapée à vie. Nous aussi, avons énormément souffert à cause de lui pendant la Révolution culturelle, il le savait.

Il est normal que ses biens nous reviennent. C'est la tradition. Ce que vous ne savez sûrement pas, c'est que c'est grâce à moi que la liste de propriétés a été établie. Cette nuit-là, quand notre pauvre mère nous a montré sa boîte à bijoux, je tremblais à côté d'elle, je m'en souviens comme si c'était hier. Les larmes aux yeux, elle a dit : « Je ne vous ai jamais montré les bijoux, mais c'est peut-être la dernière fois que vous les voyez. Regardez cette bague en diamant. Quand votre père me l'a achetée, j'ai juré que je ne m'en séparerais jamais. Je la mets pour la dernière fois. » Un jeune Garde rouge est sorti de ses gonds quand il a entendu ça. Il l'a accusée de nous encourager à nous souvenir du luxe décadent de la vieille société et il l'a tirée hors de la maison pour en faire la cible d'une critique de masse sans pitié. Dans la confusion qui a suivi sa mort, les Gardes ont oublié de reprendre la liste de propriétés qu'ils avaient laissée dans la maison, ce qui a permis plus tard à mon père d'obtenir une compensation et de retrouver un vieux copain parti à l'étranger qui lui a donné des parts de sa société. On peut dire que c'est une longue longue chaîne de causes et d'effets. Seulement, mon père s'est fait envoûter par cette sorcière de bonne…

Chen arrêta la cassette. Tous ces discours ne faisaient pas avancer l'enquête. Le seul point à noter était l'ardeur avec laquelle les deux enfants dépeignaient la bonne comme une femme vénale, donc suspecte.

Avait-il raté quelque chose ? Peut-être qu'il n'y avait tout simplement pas grand-chose à tirer des enregistrements.

Il envisagea d'aller en discuter avec l'inspecteur Ding, puis il se ravisa. Il n'avait rien de nouveau à lui apprendre.

Pourtant, il se sentait attiré par l'aspect social du drame familial. À l'époque, Chen non plus n'avait pu s'empêcher d'en vouloir secrètement à son père d'être un « monstre noir », un statut qui représentait la fin du monde dans l'imaginaire d'un jeune garçon. Des années plus tard, il regrettait amèrement d'avoir nourri ces sentiments, mais il était trop tard. Cette enquête représentait le geste qu'il n'avait pas pu faire. Une sorte de rédemption symbolique.

Il décida donc de s'investir pleinement. Au pire, l'échec confirmerait qu'il n'avait pas l'étoffe d'un flic.

*

Ce soir-là, Chen marcha vers la cité de la Poussière Rouge comme sur les pas de son enfance. Il avait encore un souvenir très clair des « conversations du soir », comme on les appelait. Devant l'entrée, les habitants venaient s'asseoir en plein air pour s'échanger des histoires, des ragots ou des blagues. Dès son plus jeune âge, il en avait entendu parler et il y était allé quelques fois, fasciné par ces récits pittoresques.

Comme dans son souvenir, il aperçut un groupe de gens assis sur des chaises en bambou ou des tabourets en bois. Il s'approcha et salua l'assemblée d'un sourire.

« Je suis venu ici il y a des années avec un ami qui habitait la cité. Ce soir, je faisais une course dans le quartier et j'ai décidé de passer comme au bon vieux temps. »

Personne ne parut surpris par son introduction, qui était véridique, du moins concernant ses visites d'autrefois.

Un jeune qui n'arrêtait pas de jeter des regards à un vieil homme assis au milieu du cercle lui désigna un tabouret de bambou.

« Vieille Racine, si tu nous racontais une nouvelle histoire palpitante ce soir ?

– Il n'y a rien de nouveau ni de palpitant sous le soleil, répondit le vieil homme en agitant un éventail de papier comme un chanteur d'opéra de Suzhou prêt à faire son entrée. Seulement dans ce que les gens inventent en bavardant.

– Ou dans les journaux, intervint Chen en profitant de l'occasion pour sortir le *Quotidien légal* qui faisait brièvement allusion à la mort de Fu. Là-dedans, on parle d'un certain monsieur Fu qui habitait cette ruelle !

– Bien sûr, toute la ville est au courant. Il y avait aussi un article dans le *Xinming*, ajouta un homme d'une cinquantaine d'années à la barbe négligée. S'il y a une personne avec qui Fu était lié ici, c'est bien toi. »

Vieille Racine alluma une cigarette, puis hocha la tête, se demandant intérieurement s'il devait ou non se lancer.

« Voyons. D'abord, je tiens à préciser que ce n'était pas vraiment mon ami. S'il me parlait de temps en temps, c'était simplement parce que depuis des années, personne d'autre ne lui adressait la parole dans la cité. C'est vrai, je sais deux ou trois choses sur sa vie, mais ça ne me donne pas pour autant le droit de raconter des fables. Cela dit, sa mort a donné naissance à tellement d'hypothèses que je crois que j'ai tout intérêt à vous dire ce que je sais en toute objectivité. »

Et il se lança :

« *Le bonheur naît du malheur, le malheur est caché au sein du bonheur.* Tao Te King a écrit cela il y a des milliers d'années. Il en va de même du commencement et de la fin tragique des vicissitudes de Fu.

« Au milieu des années quarante, Fu a trouvé un poste de comptable chez un marchand de fruits de mer et il a réussi à économiser assez pour s'installer avec sa famille au premier étage d'une maison de la cité. C'était un homme qui se satisfaisait de peu, sa seule folie était des crevettes ou du poisson un peu défraîchis que son employeur lui vendait à un prix avantageux. À l'époque, les frigos n'existaient que dans les films et il concoctait des recettes qui se conservaient plusieurs jours. Quand ses expériences culinaires réussissaient, il sortait dans la rue et distribuait des échantillons minuscules et délicieux de boulettes de poisson et de crevettes aux voisins.

« Un an après la naissance de son fils Xiaoqiang, son patron, qui avait perdu énormément d'argent, s'est enfui une nuit comme un voleur. Désespérant de ne pas retrouver de travail, Fu s'est mis à vendre ses boulettes au marché juste derrière la cité. Mais contrairement aux autres marchands de rue, fort de son expérience de comptable et de ses relations, il a réussi à transformer son commerce en véritable entreprise.

« Avant ses trente ans, monsieur Fu avait donc déjà "pris position" – encore plus tôt que dans le précepte confucéen. À la fin de l'année, il a offert une bague en diamant à madame Fu, une femme courageuse qui n'avait cessé d'éplucher les crevettes et de vider le poisson du matin au soir sans jamais se plaindre.

« "Quelle chance incroyable nous avons", a-t-elle dit, des larmes de reconnaissance dans les yeux tout en passant péniblement la bague à son doigt enflé.

« Mais ils n'allaient pas tarder à se demander si leur chance était si incroyable que ça.

« Quand les communistes ont pris Shanghai, le commerce de Fu lui a valu l'étiquette de "capitaliste" – bien qu'il eût participé à la campagne nationale de transformation socialiste de l'entreprise privée. Il a arrêté de communiquer avec ses voisins. Les gens l'appelaient monsieur Fu. Non pas en signe de respect, mais pour marquer la différence de classe. "Camarade" était l'appellation commune, mais elle était réservée aux ouvriers. Pourtant quand on connaît les circonstances, on voit bien qu'il n'a pas eu le choix quand il a lancé son commerce de fruits de mer dans la cour.

« Puis en 1966, pendant la campagne d'éradication des "Quatre Vieilleries[1]", les Gardes rouges ont pris d'assaut sa maison à la recherche de biens – bijoux, monnaie étrangère, or, meubles en acajou… – qui serviraient de preuves contre lui. Afin qu'il puisse écrire des aveux de culpabilité détaillés, un Garde lui a confié la liste des "vieilleries" saisies dans sa maison. Mais avant qu'il ait eu le temps de rédiger le premier paragraphe,

1. « Vieilles idées, vieille culture, vieilles coutumes et vieilles habitudes. »

un autre a entendu sa femme encourager ses enfants à regarder les bijoux une dernière fois.

« “Et toi, sorcière capitaliste ! a crié le Garde. Tu veux que tes enfants se souviennent et se vengent ?”

« Ensuite, elle a dû rester debout dans la rue, un tableau noir autour du cou avec son nom barré au-dessus de la phrase : *Pour ma résistance contre la Révolution culturelle, je mérite de mourir des milliers de morts*. Plus tard dans la nuit, pendant son supplice, elle est tombée et s'est cogné la tête contre l'évier commun. Elle ne s'est jamais réveillée. Les Gardes rouges n'ont même pas essayé de l'aider. Et croyez-le ou non, celui qui s'en était pris à elle s'est baissé pour retirer la bague de son doigt avant que son corps soit emmené à la morgue.

« Ça a été l'enterrement le plus sinistre de l'histoire de la cité. Fu était tout seul à la cérémonie. Aucun de ses enfants n'est venu ; ils ne voulaient pas être associés à leur mère et ils se plaignaient de l'horrible humiliation subie à cause d'elle. Les gens évitaient Fu comme la peste. Je suis le seul à avoir envoyé des fleurs, mais j'avoue que je n'ai pas eu le courage d'assister à l'enterrement.

« Peu de temps après, son fils Xiaoqiang a déménagé. Au cours d'une énième critique de masse, Hongxia, sa fille, a dénoncé son père, puis elle a épousé un ouvrier afin d'obtenir le statut de prolétaire.

« Fu s'est retrouvé seul à plaider coupable, à baisser la tête devant le portrait de Mao sur le mur de la cité, à balayer la ruelle le week-end. Il était trop sonné pour se soucier de ce qui se passait autour de lui. Il s'est progressivement effacé, comme un crabe solitaire se replie dans sa carapace.

« Après la visite de Nixon en 1971, poursuivit Vieille Racine, le gouvernement a mis en place une nouvelle politique de compensation pour les ravages de l'éradication des "Quatre Vieilleries". Mais l'entreprise n'était pas si facile. À l'époque, les Gardes rouges s'étaient empressés de répondre à l'appel de Mao sans savoir quoi faire des objets saisis. Dispersés dans la nature, la plupart étaient irrécupérables. Et encore, Fu avait de la chance, le Garde lui avait confié la liste de propriétés pour la rédaction de ses aveux et, à cause de la mort brutale de sa femme, il avait oublié de la récupérer. Contrairement à lui, la plupart des familles affectées ne possédaient même pas de liste.

« À la surprise générale, Fu a catégoriquement refusé la compensation proposée par Xiahou, le nouveau directeur de l'entreprise d'État. Même après 1976, quand la Révolution culturelle s'est éteinte, il est resté campé sur ses positions. C'est à ce moment-là que son fils Xiaoqiang m'a demandé d'aller avec Xiahou chez son père discuter de la somme généreuse calculée d'après la liste.

« "La Révolution est finie, a déclaré Xiahou. C'était une catastrophe nationale. Tant de gens ont souffert et sont morts. Mais notre Parti reste un grand parti, prêt à écrire une nouvelle page de l'histoire de notre pays socialiste. Nous devons tous adopter la bonne attitude et accepter la compensation.

« – Quelle est la bonne attitude ? a répliqué Fu avec défi. On ne peut pas tout compenser par de l'argent. Qu'est-ce qui compensera la mort de ma femme ?

« – Je comprends, monsieur Fu. Mais vous devez penser à vos enfants, surtout à votre fille. Elle a divorcé une fois pour "incompatibilité d'humeur" et apparemment, son second mariage ne se porte pas très bien. Son mari n'arrête pas de perdre aux combats de grillons. Elle a déjà été assez punie, si j'ose dire. Vous n'avez peut-être pas besoin d'argent, mais elle, oui.

« – Mes enfants ne sont même pas venus à l'enterrement de leur mère. Le vieux proverbe a raison : *Les richesses ne durent pas plus de trois générations*. Compensation ou pas, pour eux, ce n'est pas la fin du monde.

« – Le gouvernement veut que toutes les familles spoliées reçoivent une compensation, sinon c'est moi qui risque d'être inquiété, a dit Xiahou. Et ça n'est pas juste. Ce n'est pas moi qui suis venu chez vous cette nuit-là, vous le savez bien.

« – Eh bien d'après le *Quotidien du peuple*, ces biens étaient issus de l'exploitation capitaliste de la vieille société, alors pourquoi les reprendrais-je ? Je touche une retraite, grâce au Parti et au gouvernement, je n'ai besoin de rien d'autre, a ironisé Fu d'un ton inflexible. Si vous voulez vraiment faire quelque chose, rendez-moi la bague qu'on a retirée du doigt de ma femme morte.

« Malheureusement, la bague était irrécupérable et Xiahou ne pouvait tenir ses engagements.

« Pourtant, le montant proposé était colossal, supérieur à ce qu'un ouvrier pouvait espérer gagner pendant toute une vie. Fu faisait monter les enchères, du moins, c'est ce qu'on racontait dans la cité.

« Alors que la plupart des familles avaient accepté la compensation à perte, Fu tenait bon. Pressé de clore l'affaire, Xiahou s'est tourné vers le Front uni du travail.

« Par le plus grand des hasards, un fonctionnaire avait récemment vu passer le nom de Fu dans une lettre signée par un milliardaire américain nommé Cai. L'homme d'affaires racontait qu'en 1949, sa famille, qualifiée de "propriétaires terriens", avait fui aux États-Unis, mais qu'il n'aurait jamais pu partir sans l'aide de son "frère de sang", Fu. Celui-ci lui avait donné l'argent qu'il économisait pour s'acheter un appartement dans la rue Huaihai. Pendant des années, par peur de lui attirer des ennuis sur le continent, Cai avait tenté de se renseigner de façon détournée, mais les bouleversements politiques incessants avaient rendu ses recherches difficiles. À la fin de la Révolution culturelle, il avait lancé une nouvelle enquête, cette fois auprès du gouvernement municipal. Comme il écrivait son intention d'investir dans la réforme économique, sa requête avait été prise au sérieux.

« À la demande de Xiahou, j'ai vérifié auprès des voisins, continua Vieille Racine. Fu semblait effectivement avoir aidé son ami à la fin des années quarante. Madame Fu avait évoqué un projet de déménagement dans la rue Huaihai. La cité de la Poussière Rouge disposait d'un certain prestige, mais elle ne faisait pas partie des quartiers chics, il était donc logique que les plus riches la quittent un jour ou l'autre. Puis, du jour au lendemain, elle n'en avait plus parlé, sans expliquer la cause de ce changement soudain. Quand on l'interrogeait, elle disait simplement que son mari était libre de faire ce qu'il voulait de son argent.

« Maintenant que le gouvernement municipal se faisait un devoir politique de rassurer Cai sur la situation de Fu, les choses allaient prendre une nouvelle tournure.

« Comme Fu exigeait qu'on lui restitue la bague en diamant avant d'accepter toute compensation, la police a arrêté le Garde rouge nommé Zhu qui avait été vu en train de la dérober. On a trouvé le bijou chez lui avec tous ceux qui avaient été pris dans la maison de Fu. Du coup, la compensation, à laquelle venaient s'ajouter ses économies bancaires rendues avec des intérêts maximum, a encore augmenté. Maintenant qu'il avait la bague, Fu était obligé d'accepter.

« Le gouvernement municipal est venu lui remettre un titre de propriété notarié d'actions en Bourse. Cai estimait que le prêt de Fu était en réalité une sorte d'investissement. Le message était clair. Fu aurait son mot à dire au sujet des futurs projets de l'entreprise de Cai dans la ville.

« Bien entendu, les rumeurs sur la fortune de Fu firent revenir ses enfants vers la cité. Mais Fu se montrait intraitable. Un soir, Xiaoqiang est passé en pestant devant le bulletin d'information : "Le cerveau du vieux a dû être abîmé par le tableau noir pendu à son cou !" a-t-elle dit. Une autre fois, Hongxia s'est précipitée dehors et a hurlé près de la poubelle à l'entrée de la ruelle : "Le vieux est mort en 1966 !"

« Mais ils ont continué à venir. Pour les décourager, Fu a fini par aller au comité de quartier déclarer qu'il n'avait rien à voir avec eux. Ça n'a pas suffi.

« En plus des tentatives de réconciliation des enfants, il recevait la visite d'amis perdus de vue depuis longtemps ou surgis de nulle part. Par exemple, le chef du Comité d'éducation du quartier de Huangpu est passé lui parler d'un projet de garderie reposant sur les dons de "généreux bienfaiteurs". Puis un jour, un autre Garde rouge, Pei cette fois, celui qui cette fameuse nuit avait oublié de reprendre la liste de propriétés, est venu prétendre que c'était grâce à sa négligence que Fu avait fait fortune. Premier maillon d'une longue chaîne de conséquences, du moins dans sa logique, il estimait qu'en récompense, il avait droit à sa part d'actions cotées en Bourse…

– C'est un alcoolique paresseux, pathétique et fauché, cet ancien Garde rouge ! Je le connais bien, il va souvent manger au petit restaurant dc la rue du Yunnan, intervint un homme au nez rouge nommé Zhang. Comme dit le proverbe : *Celui qui essaie de noyer son chagrin dans l'alcool finit par se noyer lui-même.* Au restaurant, Pei raconte l'histoire de Fu. Plus de dix Gardes rouges sont entrés chez lui cette nuit-là, tous prêts à suivre sans réserve l'appel du président Mao. Mais il se trouve que c'est Pei qui a ordonné à Fu de rédiger un plaidoyer de culpabilité à partir de la liste. Des années plus tard, c'est le seul qui ait été puni et du coup, abandonné par sa femme. Un bouc émissaire des crimes de la Révolution culturelle, rien de plus. Il est sur la paille, il ne peut même pas s'offrir un verre à la taverne ; c'est la serveuse qui, par pitié, lui garde les fonds de bouteilles des clients et de temps en temps, les restes des plats. Elle travaille là-bas le soir, alors il y passe vers minuit…

– Tu t'égares, Zhang Nez Rouge, l'interrompit un jeune homme appelé Petit Huang. Laisse Vieille Racine continuer son histoire.

– Tous les visiteurs, Pei et les autres, repartaient bredouille, reprit le conteur. Pour les fuir, Fu allait souvent au restaurant. Un jour chez *Xingya* manger du lait frit, un autre au *Pavillon du nuage du Nord* pour les langues de canards salées, un autre au *Vieux Sichuan* pour la tête de poisson épicée, une vraie tactique de guérilla, même s'il était trop riche et trop vieux pour se battre.

« Donc, vous voyez, chance ou malchance, comme dans le Tao Te King, on ne sait jamais », conclut Vieille Racine après une longue gorgée de thé, comme inspiré par les tendres feuilles vertes déployées paresseusement dans sa tasse.

« Quel rapport avec le Tao Te King ? demanda Petit Huang en remplissant d'eau la tasse du conteur.

– Son destin n'est-il pas plein d'ironie ? Sa perte d'emploi dans les années quarante tourne en sa faveur : il lance un commerce de boulettes de poisson et de crevettes. Peu de temps après, le système de classes de

Mao fait de lui un capitaliste. Ses malheurs atteignent des sommets pendant la Révolution culturelle, mais la liste du Garde rouge lui permet de renouer avec un vieil ami et de se retrouver à la tête d'une fortune internationale.

– En effet, on ne peut ni prévoir ni comprendre les égarements de la chaîne de causalité du yin et du yang, remarqua un homme d'une quarantaine d'années à l'air grave en ajustant ses lunettes à montures noires. Qui sait si ce n'est pas son incroyable richesse qui l'a perdu ?

– Exactement, reprit Vieille Racine en retirant une feuille verte coincée entre ses dents jaunies avant de se tourner vers l'observateur à lunettes. D'après le camarade Jun, Fu a été tué en sortant d'un restaurant hors de prix. Vraiment, le monde nous dépasse. Maintenant, Liu Quatz'yeux, c'est à toi de poursuivre. Tu peux donner des détails, tu as vécu dans la même maison *shikumen* que Fu durant plus de quinze ans, je crois. »

L'histoire était déjà longue, pensa Chen en se demandant si elle apportait quelque chose à l'enquête. Il se leva et s'achemina vers la sortie de la cité. Mais chemin faisant, il se dit qu'au bureau, personne n'attendait son rapport. Et chez lui, la chaleur et l'humidité du grenier deviendraient vite insupportables ; il ne s'endormirait pas de sitôt.

Depuis un téléphone public situé non loin, il laissa un message à sa mère pour la prévenir qu'il travaillerait tard à sa traduction et qu'elle ne devait pas l'attendre. Il raccrocha et revint sur ses pas assister à la seconde partie du récit. Si Liu vivait dans la même maison que Fu, il détenait sûrement des informations récentes. Au pire, c'était une façon agréable de passer une soirée d'été.

Le monde est une scène

« Chaud, le tofu fermenté, chaud ! Chaud, le tofu, à se mordre la langue ! »

Les cris rauques d'un camelot parvinrent à leurs oreilles. Le tofu fermenté était un aliment populaire à Shanghai, avec une odeur si forte qu'on le sentait de loin, mais une fois dans la bouche, on ne pouvait plus se passer de sa consistance unique et de son goût. Le marchand poussait un chariot en bois contenant un petit poêle à charbon sur lequel était posé un wok rempli d'huile grésillante. Sur commande, il trempait dans l'huile une brochette de bambou garnie de quatre morceaux de tofu et une minute plus tard, le tofu frit ressortait doré, chaud, croustillant et puant.

« Je suis là en spectateur ce soir, dit Chen en reniflant l'odeur à pleins poumons. Les histoires d'ici sont absolument merveilleuses. Une portion de tofu pour tout le monde, c'est ma tournée ! »

Ce n'était pas cher, dix fens la brochette de quatre morceaux. Chen pouvait se permettre d'en offrir aux dix personnes présentes. De plus, il aimait ça aussi. Dans son enfance, son père lui en avait acheté un jour qu'ils écoutaient, fascinés, un opéra de Suzhou.

Le marchand, ravi de cette « grosse commande », sortit rapidement les brochettes généreusement enduites de sauce au poivron rouge. Le geste de Chen n'était pas si fréquent. Vieille Racine leva les yeux vers lui, puis les tourna vers Liu qui se léchait les babines : « Vraiment délicieux. Tu es obligé de raconter ton histoire, maintenant, Liu Quatz'yeux. Un cadeau pareil, ce n'est sûrement pas pour rien. »

Liu se tourna vers Vieille Racine avec un air de défi.

« Eh bien, à t'entendre, Fu est irréprochable. Je ne critique pas ta loyauté envers ton ancien ami. Mais moi qui ai été son voisin pendant des années, j'ai vu les choses de plus près.

– N'est-ce pas justement ce qui rend nos conversations uniques ? Les différences de points de vue donnent du relief aux histoires. Le docteur Watson voit tout autre chose que Sherlock Holmes, répondit Vieille Racine en ricanant. Alors, il paraît que tu connais bien les enfants de Fu.

– Oui, je les connaissais avant la Révolution culturelle, mais ils ont déménagé peu de temps après, comme tu l'as dit toi-même. Xiaoqiang et Hongxia m'ont demandé de garder un œil sur Fu et sa bonne Meihua. Je suis d'accord avec eux, ça n'aurait pas été juste que le vieux lègue tout à cette paysanne. Bon. Je reprends là où tu t'es arrêté.

« Grâce à sa compensation, sa retraite et ses actions, Fu est devenu incroyablement riche. Mais il voulait seulement qu'on le laisse tranquille, vivre en vieil homme dans sa vieille cité. La seule chose qui a changé est qu'il s'est mis à dîner plus souvent dehors. Il pouvait clairement satisfaire tous ses fantasmes gastronomiques sans creuser le moindre trou dans son compte en banque. Mais ce n'était pas très drôle de manger tous ses repas dehors.

« Au bout d'un mois ou deux, il n'a pas pu s'empêcher de retourner à la cuisine commune et au marché. Sauf qu'à son âge, c'était trop fatigant. Et puis, il n'avait pas l'air à l'aise avec ses "voisins prolétaires". Quelqu'un lui a conseillé de prendre une bonne, un luxe politiquement correct dans la Chine socialiste en pleine réforme. Et ce n'était pas compliqué à organiser. Chez lui, il n'occupait que la pièce de devant sur la cour ; la bonne pouvait prendre la chambre de derrière, séparée de la sienne par le salon et la salle à manger.

« Une jeune fille d'une vingtaine d'années est arrivée du Jiangxi. Les Fu étaient la première famille qu'elle servait à Shanghai. Au départ, personne n'a pensé qu'une "sœur de province" comme elle pourrait satisfaire un gourmet sophistiqué comme Fu.

« Mais à notre grand étonnement, il lui a patiemment appris à cuisiner et elle, ravie de se cultiver, absorbait ses paroles comme une éponge. Un des premiers plats qu'elle a préparés dans la maison *shikumen* était une perche vivante vapeur. Venue d'un village situé près de la rivière, elle savait assez bien préparer le poisson et apprécier le goût de l'aliment frais nature, sans glutamate ou autres sauces extravagantes d'origines douteuses. Fu lui a suggéré de verser l'huile bouillante sur le poisson tout simplement parsemé d'oignon et de gingembre. Ça a été une réussite. Le soir, il a insisté pour qu'elle vienne s'asseoir à la table pliante et ils ont partagé le dîner, croisant leurs baguettes dans le crépuscule montant.

« Selon l'opinion générale, elle était bien tombée. S'occuper d'un homme encore en bonne santé ne représentait pas une grosse charge de travail. Bénéficiant du gîte et du couvert, elle pouvait économiser presque tout son salaire. Et peut-être même plus. Au bout d'un mois, il la laissait faire les courses sans vérifier ses dépenses et bientôt, il s'est mis à lui verser un montant mensuel à l'avance.

« Il était bien normal qu'elle cherche à lui prouver son dévouement. Et puis elle a peut-être été touchée par ses souffrances pendant la Révolution culturelle. Du moins, c'est ce qu'elle racontait, dans la cuisine commune, pendant que le sang d'une tortue qu'elle massacrait pour le repas du jour giclait sur ses pieds nus.

« "Après dix ans de catastrophe nationale, c'est le seul plaisir qu'il lui reste. Et c'est tout ce que je peux faire pour lui", disait-elle.

« Elle sautait du lit à l'aube et trottinait jusqu'au marché derrière la cité, son panier de bambou à la main. Et elle y retournait deux ou trois fois. Les invendus de la journée sont bradés en fin d'après-midi. Elle n'avait pas à regarder à la dépense, mais elle avait naturellement l'esprit pratique, comme toutes les ménagères du quartier. Une seule chose la distinguait des femmes de la Poussière Rouge : elle parlait peu aux voisins, peut-être parce qu'elle avait honte de son accent du Jiangxi.

« Comme Fu se délectait de plus en plus des repas maison, elle consacrait tout son temps et son énergie à l'élaboration des menus, tofu aux oignons verts et huile de sésame, soupe aux œufs et aux coques, porc sauté au wok nappé de vin rouge fermenté et j'en passe. Ces plats simples le ravissaient. Puis elle a commencé à faire marcher son imagination débordante. Par exemple, comme les grosses courbines étaient rares sur le marché, elle achetait des petites courbines dont elle retirait minutieusement les arêtes pour préparer une soupe au chou vinaigré mijotée pendant des heures à petit feu jusqu'à devenir laiteuse. Le délicieux parfum se répandait dans toute la maison.

« Comme dit le vieux proverbe, *la meilleure façon de séduire un homme, c'est par le ventre.*

« Mais elle ne s'occupait pas que de son ventre. Je ne parle pas du ménage, de la lessive, de la couture et des autres tâches qui incombent à toute bonne bien rémunérée. Elle est allée jusqu'à rénover l'appartement. Elle a fait les travaux elle-même en débardeur et en short, bras et pieds nus, couverte de ciment au milieu des ouvriers.

« À l'exception de notre visiteur du soir, tout le monde ici connaît l'architecture de la maison. On entre par la porte du salon, on tourne à droite vers la pièce de devant qui est la chambre de Fu, et à gauche, de l'autre côté du salon, on a la pièce utilitaire, avec un grenier aménagé et un coin cloisonné pour le pot de chambre. Plus loin sur la gauche, la pièce de derrière. Peu de temps après son arrivée, Meihua a fait des changements. Des toilettes électriques et une douche avec une chaudière ont été installées dans la pièce utilitaire, et un climatiseur dans la chambre de Fu. Tout ce confort moderne a énormément plu au vieil homme qui avait l'argent, mais ni l'énergie ni le courage de réaménager son lieu de vie. Pour la remercier de son extraordinaire travail, il lui a acheté une télé couleur pour sa chambre. Ce n'est pas commun entre un vieil homme et sa bonne.

« Bien sûr, j'ai eu envie d'en savoir plus sur elle, avoua Liu. Elle avait l'air plus dégourdie qu'une simple sœur de province. Je précise que je ne l'ai pas fait seulement parce que Xiaoqiang et Hongxia me l'ont demandé. Plutôt par curiosité vis-à-vis du drame étrange qui se jouait sous nos yeux.

« Sur son passé, je n'ai trouvé que des informations assez sommaires. Dans le Jiangxi, elle a perdu son mari dans un accident de tracteur moins d'un an après leur mariage. La famille du mari a accusé Meihua de porter malheur. C'était un village pauvre et arriéré, alors elle est partie pour Shanghai. Après plusieurs petits boulots à droite à gauche, elle a atterri à la Poussière Rouge.

« Comme elle passait de plus en plus de temps dans la pièce de devant, on a commencé à se poser des questions. Surtout le soir. L'été, on pouvait se dire qu'elle profitait de la climatisation, mais les jours et les soirs où il ne faisait pas chaud ?

« Sous la couverture de la nuit, on l'a vue en train de jeter l'eau d'un baquet en bois dans la cour. Pourquoi ? Une douche d'eau chaude avait été installée dans la maison. Bientôt, un voisin a découvert qu'elle lavait les pieds de Fu tous les soirs, soi-disant pour l'aider à dormir. En même temps, ça n'avait rien d'étonnant. Bon nombre de filles de province commençaient par laver les pieds dans les salons louches de la ville. Il était plus que probable qu'elle ait fait la même chose avant de travailler pour Fu. Mais dans l'ombre de la chambre, ne faisait-elle que lui laver les pieds ?

« Lorsqu'ils étaient assis ensemble dans la cour et qu'elle le rafraîchissait à l'aide d'un éventail en papier, elle avait l'air d'une parfaite compagne satisfaite et respectable. Et elle perdait rapidement son air provincial avec son débardeur blanc et son short en jean typiques des jeunes femmes de Shanghai. Si on ne savait pas qu'elle était son employée, on les aurait pris pour un couple. Vénale ou non, elle se mettait en quatre pour lui.

« Pour Hongxia, il était évident que Meihua essayait désespérément de gagner son affection, et de là, bien sûr, son argent. Si elle n'était pas encore arrivée à ses fins, c'était à cause de l'indéfectible loyauté de Fu envers son épouse. Mais combien de temps pouvait tenir un vieil homme seul face à une jeune femme habile ? Vu le tour que prenaient les choses, il n'allait pas tarder à succomber.

« Tiens, quand on parle du loup, poursuivit Liu à voix basse, regardez qui vient.

– Qui ça ? demanda Chen.

– Meihua, la sorcière qui a envoûté le vieux. »

Chen vit une jeune femme sortir de la cité. Elle portait un T-shirt blanc sur la manche duquel était fixé un morceau de crêpe noir, un pantalon de pyjama et des sandales en bois à lanières de toile. De loin, elle était l'image même de la veuve shanghaienne en deuil. Sa beauté n'était pas exceptionnelle, mais elle avait les traits fins et la silhouette élancée.

« Allez savoir ce qu'elle fabrique toute seule dehors à cette heure. »

Chen se retint d'exprimer son étonnement. Dans cette tenue, elle ne pouvait pas aller bien loin.

En effet, à peine cinq minutes plus tard, elle revint en faisant claquer ses sandales – des antiquités peut-être revenues à la mode dans cette ville sans cesse occupée à redécouvrir son passé. Elle portait un paquet d'ampoules. Celle de sa chambre avait dû éclater.

« Comment a-t-elle réagi à la mort de Fu ? reprit Chen.

– Elle a pleuré comme une veuve.

– Elle va partir ?

– Non, elle reste. Fu a quand même fait quelque chose pour elle. Quelque chose de rare, d'inimaginable. Il lui a obtenu un permis de résidence en l'inscrivant sur son propre registre familial.

– Comment est-ce possible ? lança Vieille Racine, interloqué. Ça peut prendre dix ans d'inscrire un vrai membre de sa famille !

– Personne ne sait comment il a fait. C'est pour ça que je dis qu'il y a beaucoup de choses qui se sont passées dans l'ombre. Hier, Xiaoqiang et Hongxia ont essayé de l'expulser, mais elle a sorti le registre. Ils ne peuvent rien contre elle.

– Oui, je comprends maintenant. Mais qu'est-ce que ça veut dire ? intervint un autre membre de l'assemblée.

– Légalement, elle a le droit d'occuper l'appartement aussi longtemps qu'elle veut.

– Attends, Liu Quatz'yeux, l'arrêta Petit Huang, pourquoi Fu aurait fait ça ?

– C'était peut-être une première étape avant de s'installer officiellement avec elle, répondit Liu. Une sorte d'arrangement.

– Est-ce qu'elle fait quelque chose en ce moment ? interrogea encore Chen.

– Ça, je n'en sais rien. La plupart du temps, elle reste enfermée dans sa chambre. On l'entend pleurer la nuit. Elle va toujours au marché, mais seulement pour accomplir le "sacrifice des sept sept". Le septième jour, elle rapporte un panier plein du marché et passe la journée à préparer le festin dans la cuisine commune.

– Quoi ? Le sacrifice des sept sept ?! » intervint quelqu'un.

Il s'agissait d'un rite funéraire bouddhiste qui durait sept semaines et selon lequel, tous les sept jours, les membres de la famille devaient préparer un bon repas, allumer des bougies et de l'encens sur la table et faire brûler de l'argent de l'autre monde[1] pour que l'esprit du défunt revienne.

« Elle nous a dit : "Il aime ma cuisine, il est forcé de revenir tous les sept jours. Je sens vraiment sa présence

1. Argent symbolique brûlé en offrande aux défunts.

à table ; les flammes vacillent alors qu'il n'y a aucun vent et que fenêtres sont fermées."

– Mais d'où vient l'argent ?

– D'après elle, il lui avait donné son budget mensuel avant de mourir et elle s'est juré de tout dépenser pour lui. Mais ce n'est qu'un prétexte, bien sûr, puisque l'esprit ne touche pas à la nourriture. Ensuite, c'est elle qui se régale toute seule pendant une semaine.

– Pendant une semaine ! Mais comment ? demanda Vieille Racine.

– Ce n'est pas un problème pour elle. Fu lui a acheté un petit frigidaire. À sa décharge, elle a réellement l'air de se nourrir des restes. En dehors du septième jour, elle ne sort que pour acheter des légumes bradés en fin de journée. Bien sûr, ça fait peut-être partie du rôle qu'elle se donne.

– Quel rôle, Liu Quatz'yeux ? demanda sèchement Petit Huang.

– Elle veut que les gens croient qu'elle lui reste entièrement dévouée…

– Mais qu'est-ce qui te fait croire le contraire ?

– D'abord, il y a l'ouvrier qui est venu installer la climatisation. Il avait l'air d'assez bien la connaître, il avait le même accent qu'elle, tous les voisins l'ont remarqué. Et comment une provinciale comme Meihua pouvait-elle en savoir autant sur les équipements modernes ?

– Même si c'est lui qui lui a appris, qu'est-ce que ça fait ?

– Plus tard, l'ouvrier est revenu dans la cité. Elle a eu une discussion avec lui devant la maison… assez longue et animée, précisa volontairement Liu. Environ une semaine plus tard, Fu était mort.

– C'est ça, ta théorie sur le meurtre ?

– On ne peut pas savoir ce qu'il y a entre eux. Elle le connaît peut-être de la campagne. Un homme d'environ son âge, à peine quelques années de plus, grand, costaud. Comme Ximen Qing dans *Fleur en fiole d'or*[1] !

– C'est absurde ! Ce n'est pas une beauté et même si on peut comprendre qu'un vieil homme comme Fu ait été attiré par sa jeunesse, trancha Vieille Racine en secouant la tête, pour un homme qui la connaîtrait, elle reste une veuve maudite. Son seul atout de séduction, c'est la possibilité qu'elle hérite de Fu. Et dans ce cas, pourquoi cet homme aurait-il agi maintenant ?

– Eh bien, il était peut-être très épris et il n'a pas supporté l'idée qu'elle puisse le quitter pour le vieux…

– Allons ! s'offusqua Petit Huang en sautant de sa chaise de bambou, ils se disputaient sans doute au sujet du paiement d'un service qu'il avait rendu. Il se trouve que j'ai entendu des bribes de leur conversation. Elle l'a traité de rapace en le regardant avec dégoût.

– Peu importe, reprit Liu soudain à court d'idées, quelle que soit la raison, ce n'est pas nos affaires. On ne va pas s'énerver pour ça.

– Eh oui, le monde n'est qu'une scène, enchérit Petit Huang pour arrondir les angles. Certains jouent la comédie et d'autres regardent. Ceux qui sont sur scène traversent des bonheurs ou des malheurs, comme l'a bien résumé Vieille Racine. Après tout, si Fu n'avait pas été si riche, il ne serait jamais allé dans ce restaurant et il n'aurait pas été tué. Là-haut, il doit y avoir une raison qui nous dépasse.

1. Roman de la dynastie des Ming. Le personnage de Ximen Qing est un arriviste cupide connu pour sa lubricité.

– Vous pensez donc que l'assassin savait que Fu était riche ? s'empressa de demander encore Chen. Et qu'il irait au restaurant ce soir-là ? »

Vieille Racine le fixa d'un œil vif avant d'agiter son éventail comme un chanteur d'opéra de Suzhou : « Jeune homme, le ciel et la terre sont remplis de bien plus de choses que tout ce que nous pouvons imaginer dans nos conversations du soir. Il est tard. L'heure pour un vieil homme comme moi d'aller se coucher. »

Chen se leva, s'inclina et conclut avec ferveur :

« Merci à tous. J'ai passé une merveilleuse soirée. Croyez-moi, je reviendrai. »

*

Mais Chen n'était pas d'humeur à rentrer chez lui. Comme après un bon repas, il avait envie de marcher pour digérer tout ce qu'il venait d'absorber.

Cette soirée lui avait permis de se faire une idée plus claire du contexte du meurtre, mais il craignait de n'en retirer aucun indice majeur. Quant à la relation entre Fu et Meihua, elle apportait de l'eau au moulin des ragots croustillants de la cité, offrait une intrigue parfaite pour les conversations du soir, mais ne suffisait pas à faire de la bonne un suspect.

Surtout, Vieille Racine et Liu appartenaient tous deux à la catégorie des « narrateurs peu fiables ». Leurs intérêts personnels se mêlaient au récit, ce qui était de part et d'autre tout à fait compréhensible. Vieille Racine revendiquait sa loyauté envers son ami tandis que Liu cherchait à rivaliser avec l'orateur en incluant des sous-entendus graveleux comme la visite de l'ouvrier à la jeune femme.

Il était tard mais Chen marchait sans fatigue. Ces nouvelles données qui s'agitaient dans sa tête l'empêcheraient de trouver le sommeil chez lui.

Il aperçut de loin la rue de Nankin, étonnamment déserte. Même le célèbre restaurant *Shen Dacheng*, au croisement de la rue du Zhejiang, était fermé. Un homme solitaire et miséreux fumait là, adossé à la fenêtre de l'établissement vide, un pied posé contre le mur, enchaînant cigarette sur cigarette dans l'obscurité sinistre.

Bientôt, il approcha du pont qui surplombait la crique de Suzhou et respira l'odeur familière de l'eau sombre et polluée. Il avait souvent emprunté cette route à l'époque où il apprenait l'anglais seul dans le parc du Bund. Depuis, beaucoup d'eau avait coulé sous ce pont. Il sentait maintenant quelque chose de vague, d'inexplicable, poindre dans les recoins de son esprit.

À nouveau, il pensa à l'enquête de l'inspecteur Martin Beck. Dans le roman, la plupart des interrogatoires du policier s'avéraient inutiles, mais ils contribuaient à construire une vue d'ensemble grâce à laquelle certains détails prenaient un sens inattendu.

Le sifflet d'un train tout près transperça la nuit et interrompit sa rêverie. Comme tiré par une main invisible dans le noir, il s'était dirigé vers la gare et la cuisine privée.

Il sortit le rapport de la scène de crime de sa sacoche. Suivant la description, il arriva à l'endroit exact du meurtre, au coin d'une rue, probablement sur le trajet de Fu vers chez lui ou vers la gare. Le quartier, trop passant, n'est pas propice aux agressions, se dit Chen.

S'il ne s'agissait pas d'un vol qui avait mal tourné, le meurtrier avait pu le guetter et surgir au moment où il passait, à une heure où il n'y avait plus personne dehors.

Chen examina les lieux de plus près. À quelques mètres de lui se dressait un mur à moitié écroulé. Un nouveau bâtiment allait bien sûr être construit à la place ; la plupart des vieilles maisons avaient déjà été rasées, on distinguait seulement quelques rares survivantes au loin dans le noir, pareilles à des « clous » gigantesques, ainsi appelées parce qu'elles restaient plantées, tenaces, et qu'on était inévitablement obligé de les arracher de force. Il se pencha vers le sol jonché de détritus et ramassa deux mégots de cigarettes. Ils étaient en bon état. Il n'avait pas plu depuis des jours. Il les rangea dans un petit sac en plastique.

Il avait du mal à imaginer qu'on puisse rester debout ou accroupi sous le mur effrité à fumer sans une obscure mission en tête. Il relut le rapport et vit que Ding mentionnait aussi des mégots de cigarettes près du mur et même leur marque, Double Bonheur, ce qui laissait entendre qu'il s'était fait la même réflexion. Apparemment, il n'avait pas cherché plus loin. Chen se demanda si les empreintes avaient été relevées. Mais si le fumeur n'avait pas de lien avec la victime, un tel indice ne valait pas grand-chose.

Qui avait bien pu se mettre en embuscade à cet endroit ?

Un oiseau traversa le ciel, tourna autour d'un poteau brisé et décida de ne pas se percher.

Une sœur de province

L'inspecteur Ding se réveilla dans son bureau, étira son cou endolori et laissa les images fragmentées d'un rêve à propos du crime de Fu se dissiper rapidement dans la lumière.

La journée de la veille avait été mouvementée et il avait passé la moitié de la nuit à travailler jusqu'à tomber de sommeil.

Encore un peu désorienté, il alluma une cigarette qui renforça le goût amer dans sa bouche.

Depuis que l'identité de Fu avait été établie, l'enquête avait pris un tour sérieux. Le secrétaire du Parti Li l'avait appelé une première fois le matin, puis plusieurs fois dans la journée, pour lui répéter que l'affaire était désormais une priorité politique et que le bureau devait se dépêcher d'aboutir à une conclusion satisfaisante. L'hypothèse d'un vol avec agression était décriée. Le Front uni du travail de la ville trouvait ce scénario peu convaincant, notamment Cai, l'ami d'outre-mer de Fu. Et d'autres remettaient maintenant en question leurs projets d'investissements à Shanghai.

Ding était retourné en urgence dans la cité. Avec l'aide du camarade Jun, il avait dressé une liste de suspects.

Les deux enfants arrivaient évidemment en tête. Mais lorsqu'il avait présenté au téléphone cette hypothèse au secrétaire du Parti Li, celui-ci l'avait écartée. Xiaoqiang et Hongxia avaient pu paniquer en imaginant que la bonne manipulait le vieil homme, mais même désespérés, ils auraient éliminé l'intruse et non leur père. Ce scénario était non seulement improbable mais politiquement inacceptable pour le Parti qui ne voulait surtout pas voir des « secrets de famille » jaillir des cendres de la Révolution culturelle.

Ding avait alors commencé à ébaucher une autre liste : celle des personnes ayant une dent contre Fu. Encore une fois, le camarade Jun s'était montré très compétent. En une heure, il avait réuni sur une feuille de papier trois noms et les principales informations les concernant.

Le premier était Vieux Fang le Bossu, un activiste retraité du quartier qui, à l'époque, avait saisi la moindre occasion pour crier des slogans révolutionnaires contre Fu et qui, par la suite, n'avait cessé de se lamenter et de maudire sa miraculeuse fortune. On l'avait récemment entendu s'indigner : « La société égalitaire de Mao est vraiment tombée aux oubliettes. Les capitalistes préparent un retour en force. Imaginez ce vieux salopard de Fu avec une servante assez jeune pour être sa petite-fille qui le soigne des pieds à la tête. Et encore, Dieu sait ce qui se passe dans cette maison ! Il a le cœur aussi noir que celui de sa femme, il aurait dû tomber raide mort en même temps qu'elle ! » L'homme aurait pu tuer par haine de classe.

Le deuxième n'était autre que Zhu, l'ancien Garde rouge condamné à deux ans de prison pour avoir fait subir une violente critique de masse à la femme de Fu avant de retirer la bague de son doigt encore chaud.

Sévèrement puni, même s'il était sorti de prison au bout d'un an, Zhu avait pu agir par vengeance.

Ironiquement, le troisième était l'autre Garde rouge Pei, celui qui avait tendu à Fu la liste des biens confisqués. Des années plus tard, quand la cité avait été mise au courant de la fortune de Fu, Pei était venu réclamer sa part. Environ un mois avant la mort du vieil homme, il avait de nouveau été aperçu dans la ruelle, le suppliant comme un mendiant. Fu n'aurait jamais réussi à se débarrasser de lui sans l'intervention salutaire de la bonne qui, furieuse, avait poussé l'intrus dehors. D'après un voisin témoin de la scène, Pei avait crié : « Tu ne pourras pas emporter ton argent dans la tombe ! »

L'inspecteur Ding s'était dépêché de vérifier leurs alibis. Vieux Fang le Bossu prétendait être allé à une réunion d'activistes maoïstes avant de jouer au mah-jong jusque tard dans la nuit. Ce serait facile à confirmer. Concernant Zhu, il avait appris par le comité de quartier que depuis plusieurs mois, il partait régulièrement en voyage d'affaires à Shenzhen. Il demanderait des renseignements à la police locale. Quant à Pei, le comité avait mentionné un détail suspect, quoique sans doute assez banal vu le personnage. Ce soir-là, Pei était rentré après minuit.

Ding s'était immédiatement mis en contact avec Ouyang, le policier en charge du quartier où habitait Pei. En moins de quinze minutes, Ouyang avait réussi à traîner ce dernier dans son bureau pour qu'il puisse parler à Ding au téléphone. Pei s'était mis à bafouiller.

« Attendez, laissez-moi réfléchir. J'étais à… Je suis allé voir un film.

– Avec qui ?

– Tout seul.

– Ah bon ? Comment s'appelait le film ?

– C'était… *Petite fleur.*

– Dans quel cinéma ?

– Au cinéma de la Paix, je crois, dans la rue Hankou. »

Ding avait immédiatement appelé Liao, son assistant, qui avait promis de se renseigner et de le rappeler dès qu'il aurait du nouveau.

En fin de soirée, une deuxième vague d'informations avait déferlé vers le bureau. Plusieurs personnes confirmaient la présence de Vieux Fang le Bossu à la table de mah-jong. Un des joueurs était certain que Fang était parti après minuit car ils étaient sortis en même temps et avaient regardé l'heure dehors.

Les voisins d'immeuble de Zhu confirmaient aussi qu'il était absent depuis des mois : sa porte était verrouillée et son courrier s'entassait. Cela avait pris un temps fou de parler à tous ces gens par le biais du téléphone public. À un moment, Ding s'était rendu compte qu'il avait raté le dernier bus. Comme sa femme assistait à une réunion à Hangzhou, il avait décidé de passer la nuit au bureau.

Il en profiterait pour rebalayer certains points de l'enquête. Certains éléments restaient contradictoires. Mais après deux ou trois tasses de thé noir, il avait sombré dans un rêve à propos de la scène de crime en ruine…

Dans la lumière du matin, Ding consulta encore une fois sa montre en bâillant. Presque huit heures et quart. Alors qu'il s'apprêtait à se préparer une nouvelle tasse de thé, il fut étonné de voir Chen entrer dans son bureau.

« Bonjour, Chen. Quel bon vent vous amène si tôt ? Oh, les cassettes, c'est vrai, vous avez dû les écouter et… commença Ding en acceptant la cigarette que Chen lui tendait sans finir sa phrase.

– Oui, je les ai écoutées du début à la fin. J'ai essayé de creuser un peu les pistes qu'elles ouvraient, comme un apprenti fait les devoirs que lui donne son maître. »

Perplexe, l'inspecteur laissa Chen lui raconter le contenu de la « conversation du soir » devant la cité de la Poussière Rouge.

Le hasard était trop beau, pensa Ding à la fin d'un compte rendu minutieux. D'abord, un ami anonyme l'aidait à identifier la victime et maintenant, grâce à un souvenir d'enfance, il allait discuter avec les habitants du quartier. Certains détails n'étaient pas dénués d'intérêt, mais Ding ne voyait pas comment les exploiter. Ni l'ouvrier ni Meihua n'avaient de mobile convaincant, Chen en convenait.

« C'est pour l'argent, ça ne fait aucun doute, continua Chen. Mais l'ouvrier n'aurait pas eu intérêt à agir à ce stade, il aurait dû attendre que la bonne soit sûre de récupérer sa fortune. Quant à l'hypothèse improbable du triangle amoureux, la mort de Fu ne garantit en rien qu'elle reviendra vers l'amant passionné…

– Vous parlez comme un vrai policier, Chen.

– Ça fait un moment que je traduis le manuel de procédures. J'ai appris pas mal de notions utiles… »

La sonnerie du téléphone interrompit leur discussion. C'était l'assistant Liao.

« Où étais-tu hier soir, Ding ? J'ai appelé plusieurs fois chez toi. Personne n'a décroché.

– Je suis resté au bureau. J'ai fini trop tard pour attraper le bus.

– J'ai bien avancé. Pei a été arrêté ce matin. On devrait avoir des aveux rapidement.

– Quoi ! Attends… Chen est avec moi. Je vais mettre le haut-parleur. Il a envie de devenir un vrai flic.

– C'est bien, dit Liao en riant. Hier soir, après avoir essayé plusieurs fois chez toi, j'ai appelé le secrétaire du Parti Li. Pei a menti sur son alibi. Le cinéma ne passait pas *Petite fleur*.

– Il a bafouillé quand je lui ai demandé le nom du film, approuva Ding. J'ai trouvé ça louche.

– J'ai aussi appelé Ouyang. Après ton appel, le flic du quartier a réuni un tas d'informations sur Pei. Depuis plusieurs années, il vit une vraie descente aux enfers. Ce qu'il a fait pendant la Révolution culturelle le poursuit comme une tache indélébile. Déprimé par son divorce, il s'est laissé aller à la boisson. Il s'est mis en congé maladie et ne touche qu'une maigre pension mensuelle, il se plaint d'être fauché comme les blés et accuse entre autres Fu d'être responsable de tous ses maux.

– Il est désespéré, c'est sûr.

– Et pour une fois, le secrétaire du Parti Li a réagi très vite. Après avoir entendu mon rapport, il a alerté des membres de la municipalité et organisé l'arrestation de Pei en disant qu'il était dans l'intérêt du Parti de boucler l'enquête au plus vite.

– Li subit la pression du gouvernement. La nouvelle de la mort de Fu a déjà passé les frontières, expliqua lentement Ding tout en regardant Chen de biais. Maintenant qu'on a le mobile de Pei et que son alibi est par terre, on va pouvoir passer à la vitesse supérieure. »

Il raccrocha et se tourna vers Chen.

« C'est une avancée majeure. Hier, nous avons dressé plusieurs listes. Une de ceux à qui profite la mort de Fu, une autre de ceux qui ont des raisons de lui en vouloir. La deuxième liste s'est rapidement resserrée sur la personne de Pei, l'ancien Garde rouge. On peut trouver son mobile un peu faible, mais vu la pression que nous met le gouvernement municipal, on n'a pas le temps de creuser d'autres pistes. On va se concentrer sur lui. Comme vous venez de l'entendre, une solution rapide répond aux exigences politiques du Parti.

– Les exigences politiques, je comprends très bien. Vous avez travaillé très vite », remarqua Chen avant de se lever pour partir.

En réalité, il n'était pas convaincu.

Il y avait une certaine justice dans le fait de voir un ancien Garde rouge puni. Qu'il ait eu le culot de réclamer sa part du gâteau en disait long sur son esprit retors. Mais ça ne faisait pas de lui un assassin.

Que pouvait-il faire ? L'inspecteur Ding – ou plutôt le gouvernement municipal – avait déjà prononcé la sentence. Comme l'avait dit Liao, les aveux ne sauraient tarder. Chen savait que le bureau avait les moyens de les obtenir. Il aurait pu pointer du doigt les failles du scénario, mais il n'était pas en mesure de renverser le sort. À moins de trouver le vrai meurtrier.

À midi, après plusieurs heures de traduction improductives, il descendit à la cantine, mais ne réussit pas à repérer l'inspecteur Ding et son assistant dans la foule. Le docteur Xia, qui venait de terminer une assiette de foie de porc au wok vint s'asseoir à sa table et ils échangèrent quelques propos tandis que Chen engloutissait son riz sauté de Yangzhou sans y dénicher une seule crevette.

Après encore une heure de traduction infructueuse dans la salle de lecture, Chen sortit *L'Insoutenable Légèreté de l'être*. C'était indéniablement un chef-d'œuvre, ponctué de questions métaphysiques déroutantes, mais il n'arrivait pas à rester concentré sur sa lecture.

Le dossier Fu n'était pas son affaire. Il n'avait aucune responsabilité. Aucune pression. Il avait déjà fait bien plus que ce qu'on attendait de lui. Selon un proverbe, *la légèreté d'être n'existe que pour l'homme sans situation.* Au bureau, il était littéralement marginal, pensa-t-il, soudain déprimé, avant de fermer son livre.

Il décida de retourner du côté de la cité.

La veille, il avait remarqué que l'homme d'une cinquantaine d'années surnommé Zhang Nez Rouge semblait bien connaître Pei. Il pourrait peut-être le renseigner sur le suspect maintenant sous les verrous.

*

Lorsque Chen arriva dans la cité, il était à peine quatre heures et quart. Et il commençait à pleuvioter. Personne ne sortirait si tôt pour la conversation du soir. Il ne connaissait ni le nom de famille ni l'adresse de Zhang. Contrairement à l'inspecteur Ding, il ne pouvait pas se tourner vers le comité de quartier pour obtenir de l'aide à titre officiel. Il ne voulait pas non plus attirer les soupçons des habitants comme Vieille Racine en venant fourrer son nez dans la ruelle.

Il marcha sans but, espérant croiser quelqu'un aperçu la veille, mais ne fut pas étonné d'être déçu dans ses attentes.

Devant l'entrée du milieu de la cité, il aperçut un vieux bossu au brassard rouge vif qui sortait précipitamment. Il fut frappé par une indéfinissable impression de déjà-vu.

Alors qu'il faisait pour la deuxième fois le tour du pâté de maisons et s'approchait de l'entrée de derrière, il remarqua deux vieux en train de jouer aux échecs chinois sur un étal désert du marché. Ils avaient bien choisi l'emplacement, recouvert d'un toit de bambou qui les protégeait de la pluie. Ils étaient absorbés par l'échiquier divisé en deux camps symboliques – « la frontière du royaume de Han » et « la rivière du royaume de Chu » –, comme si l'ancien monde se perdait ou se gagnait dans les batailles qui se déroulaient à l'instant même sous leurs yeux. De loin pourtant, ils avaient l'air comique, l'un torse nu, sa poitrine osseuse pareille à une planche à laver usée et l'autre avec un haut de pyjama bariolé, un pantalon dépareillé et une seule pantoufle. Chen s'approcha des spectateurs réunis autour de l'étal.

Alors que les deux joueurs s'apprêtaient à commencer une nouvelle partie, Chen leva les yeux et remarqua, de l'autre côté de la rue, plusieurs marchandes qui commençaient à étaler sur les stands leurs invendus du matin. Il se rappela une chose apprise la veille. Meihua venait parfois acheter des légumes bradés en fin d'après-midi. Il ferait bien de rester là. S'il ne se passait rien, il retournerait à l'entrée de la cité vers sept heures.

Après une partie, puis la moitié d'une autre et trois cigarettes, Chen reconnut le cliquetis des sandales en bois de Meihua. Elle approchait, son panier de bambou sous le bras.

Il suivit le martèlement sans savoir ce qu'il allait bien pouvoir dire ou faire une fois devant elle. Mais malgré la confusion de pensées qui tourbillonnaient dans sa tête, il voulait essayer. Il maintint une légère distance et elle ne s'aperçut pas qu'elle était suivie.

De l'autre côté de la rue du Fujian, elle déposa un assortiment de légumes abîmés dans son panier. Quelques centaines de mètres plus loin, elle acheta une botte d'oignons verts à un marchand assis sur un tabouret et négocia un petit morceau de gingembre gratuit. Elle paraît si pragmatique, se dit Chen en repensant à la description entendue la veille. Au coin de la rue du Zhejiang, elle s'arrêta et regarda autour d'elle.

Chen s'avança.

« Vous êtes Meihua ? »

Interloquée, elle acquiesça.

Il sortit sa carte de police – pour la première fois depuis qu'il y était entré. Elle l'étudia, de plus en plus étonnée.

« Je ne voulais pas qu'on vous voie discuter avec un policier devant la maison *shikumen*, je pense que vous devinez pourquoi. Vous avez dû entendre les rumeurs et les conjectures qui circulent entre voisins.

– Merci pour votre attention, camarade Chen.

– Et si nous discutions là-bas ? » proposa-t-il en montrant une taverne miteuse au coin de la rue.

Chen et Meihua entrèrent dans l'établissement désert à cette heure-là et choisirent une table isolée.

Le vieux serveur leur apporta un plat de petits pains frits tièdes et encore croustillants et deux bols de soupe de bœuf épicée. Elle mordit dans un petit pain. Il l'observa un instant avant de commencer à l'interroger. Une graine de sésame blanche resta collée sur sa lèvre supérieure. Elle avait un certain charme, plus qu'il n'en fallait pour faire succomber un vieil homme. Mais que ressentait une jeune femme d'une vingtaine d'années pour un homme de soixante-dix ans ?

Chen remplit une cuillère de soupe huileuse et y ajouta une pincée d'oignons verts ciselés.

« Que voulez-vous savoir ? commença-t-elle en posant ses baguettes.

– Racontez-moi votre histoire avec Fu.

– Comment ça ?

– Je vous rassure tout de suite. Une enquête est en cours. Nous avons une liste de suspects, mais elle est loin d'être concluante. Tout ce que vous me direz pourrait nous être d'une grande aide.

– Il n'y a pas d'histoire entre Fu et moi. Je ne suis rien qu'une pauvre femme maudite venue d'un village reculé du Jiangxi. Après avoir erré pendant des mois dans la ville comme une mouche sans tête, j'ai finalement eu la chance de tomber sur Fu qui m'a donné un travail et un toit. Ses voisins, et ses enfants surtout, imaginent peut-être des tas de choses à mon sujet, mais que voulez-vous que j'y fasse ? Pour les gens de la cité, je ne suis qu'une bonne, une "sœur de province".

– Je n'ai pas été assez clair. Je voudrais que vous me racontiez votre expérience au service de monsieur Fu. Depuis le début, s'il vous plaît.

– Dès le départ, j'ai compris que mon travail consisterait surtout à faire la cuisine. Il était très calé dans ce domaine. J'ai beaucoup appris de lui. C'était un patron gentil, patient, et il me payait bien. Au bout de cinq ou six ans, j'aurais eu de quoi me lancer dans une autre branche…

– En cinq ou six ans, vous pensiez…

– Non, c'est lui qui en a parlé. Il disait que ses jours étaient comptés, que je ne pouvais pas passer ma vie à servir les autres. Il me conseillait de trouver un poste de cuisinière ou d'ouvrir mon propre restaurant. Il disait aussi qu'il connaissait pas mal de gens dans le milieu et que je ne devais pas m'inquiéter.

– Mais il n'avait que soixante-dix ans. Les gens vivent plus longtemps de nos jours. Que comptait-il faire ?

– Probablement partir en maison de retraite quand il ne pourrait plus se débrouiller seul. Il ne voulait pas être un poids pour moi… » Les sanglots l'empêchèrent de poursuivre.

« Il paraît que vous vous êtes donné beaucoup de mal pour lui.

– J'avais un bon salaire, c'était la moindre des choses.

– Mais ses enfants vous ont mené la vie dure.

– Je les comprenais, mais ils s'inquiétaient pour rien. Le fils est assez raisonnable, ajouta-t-elle d'un air pensif, mais la fille est parfois hystérique. Une fois, elle est venue alors que Fu était sorti et elle a fait une scène terrible. Elle hurlait, elle m'a même griffé le visage. Plus tard, son mari, Sima, est venu s'excuser en personne. Si j'en avais parlé à Fu, ça aurait causé une grosse dispute familiale, et Sima redoutait ça. »

Elle ne lui racontait peut-être pas tout. Pourquoi le ferait-elle ? Il n'était même pas en charge de l'affaire, il avait très peu de cartes en main. Mais il devait continuer en improvisant au fur et à mesure.

« Fu vous a inscrite sur son registre de résidence, paraît-il.

– Ça s'est fait comme ça. D'après le règlement de la ville, pour que je puisse habiter ici, il fallait qu'il remplisse une déclaration de résidence temporaire tous les mois. Il y a quelque temps, un employé municipal lui a rendu une visite de courtoisie…

– Le Front uni du travail ?

– Oui, c'est ça. Monsieur Fu m'a dit qu'il s'était plaint à cet homme de devoir envoyer la déclaration tous les mois et quelques semaines plus tard, le policier du quartier a ajouté mon nom au registre de résidence de Fu. Je ne comprends toujours pas comment une simple jérémiade a pu produire un tel effet.

– Oh, tout ça, c'est politique. J'ai un ami qui travaille dans ce département. D'après lui, la Chine essaie d'attirer des investisseurs étrangers et Fu joue un rôle symbolique dans les négociations. Le fonctionnaire a d'ailleurs passé un marché avec lui. Fu a dû accepter de déclarer dans une interview que le gouvernement municipal prenait soin des entrepreneurs retraités comme lui et en échange, la ville lui a accordé un permis de résidence pour vous.

– Il ne m'a jamais rien dit là-dessus ! s'exclama-t-elle. Il m'a dit qu'il avait arrangé ça par commodité, mais en fait, c'était bien plus que ça, c'était pour que je puisse rester en ville aussi longtemps que je le voulais. »

Il vit l'émotion transformer brièvement son visage.

« Il avait beaucoup d'estime pour vous. Vous l'ignorez peut-être, mais le gouvernement municipal le pressait depuis des mois et il n'a accepté que lorsqu'il a eu besoin de ce service. » Chen sortit une cigarette qu'il n'alluma pas et poursuivit. « J'étais à la conversation du soir devant la cité hier. C'est tellement triste d'entendre l'histoire de Fu. Vous savez, à l'époque, les Gardes rouges sont aussi venus chez moi, et mes parents ont subi d'atroces humiliations. J'aimerais vraiment que justice soit rendue pour Fu. C'est ce que vous voulez aussi, j'imagine.

– Oui, c'était un homme bon, il mérite bien ça.

– D'après certains voisins, votre arrivée l'a transformé. Vous vous occupiez très bien de lui, de la tête aux pieds.

– Je sais ce qu'ils vous ont raconté. Entre autres, que je lui lavais les pieds, c'est ça ? Mais ce n'est rien. Au village, tout le monde se lave les pieds dans l'eau chaude avant d'aller se coucher pour mieux dormir. Quand je suis arrivée à Shanghai, j'ai travaillé dans un salon de massage de pieds pendant quelques semaines. J'ai arrêté parce que la plupart des clients ne tenaient pas en place, ils n'arrêtaient pas de me tripoter et de me dire des saletés. Si je l'avais fait pour d'autres, pourquoi pas pour lui ? Et c'était différent avec lui, un homme à l'ancienne, respectueux. Il n'a jamais eu un mot ou un geste déplacés avec moi. Au contraire. Un jour, j'ai eu des diarrhées et de la fièvre et il a passé la moitié de la nuit à mon chevet à me donner du porridge aux herbes qu'il avait préparé lui-même et à me laver à son tour, de la tête aux pieds…

– À son âge, ça ne devait pas être facile.

– Oui, on parle beaucoup de la différence d'âge, mais dans la société d'aujourd'hui, un vieil homme aussi riche aurait pu prendre une femme beaucoup plus jeune, et plus jolie. Moi, je ne suis qu'un tigre blanc[1] de province maudit, mais j'avais l'impression d'être son égale. C'est moi qui n'étais pas digne de lui. Un soir après ma maladie, je lui ai fait comprendre ce que je ressentais ; pendant que je lui lavais les pieds, je lui ai murmuré qu'au village, c'était ce que la femme faisait pour son homme. Il s'est relevé et il m'a dit avec sérieux : "Quand ma femme est morte, la meilleure partie de moi-même est morte avec elle. J'ai fait la promesse de ne jamais donner la bague à une autre femme. Elle a quitté cette terre à cause de ce bijou. Maintenant, je suis vieux. Il ne me reste plus beaucoup de temps dans le monde de la Poussière Rouge, mais toi, tu es jeune, tu as la vie devant toi. Cela dit, j'apprécie beaucoup que tu t'occupes de moi comme ça. Et je ferai tout pour m'occuper de toi à mon tour."

1. L'expression est employée pour désigner une femme qui porte malheur.

« Croyez-moi, on n'a jamais dépassé ce stade. Comme il souffrait de crises de goutte, je dormais parfois sur le canapé de sa chambre, pour l'aider la nuit. »

Meihua s'interrompit pour boire la soupe à même le bol, une habitude caractéristique des sœurs de province, mais Chen l'imita dans un geste inconscient de solidarité.

« Je comprends, dit-il, mais ce n'est pas le cas de tout le monde. Les racontars jettent de l'eau sale sur sa mémoire, c'est encore pire que ce que vous imaginez. C'est pour ça que nous devons à tout prix résoudre l'affaire.

– Quelle eau sale ?

– Quelqu'un s'est mis à débiter des histoires sur l'ouvrier qui a installé la climatisation chez Fu. Sur une relation possible entre vous, avec tout un tas de détails réels ou imaginaires. Et sur l'approbation tacite de Fu. Cet ouvrier est même un suspect potentiel à cause de sa liaison clandestine avec vous…

– Je vous en prie, arrêtez, Chen. Ils peuvent bien raconter ce qu'ils veulent sur une femme maudite comme moi. Mais pas sur lui. Certainement pas, répéta-t-elle en pâlissant. Vous devez absolument attraper le coupable, sinon les mauvaises langues ne s'arrêteront jamais. Je sais pourquoi vous me dites tout ça. C'est bon, je répondrai à vos questions si vous pensez que ça peut faire avancer l'enquête.

– J'ai effectivement quelques questions précises à vous poser, dont des questions personnelles, j'espère que vous ne le prendrez pas mal. Tant qu'on y est, parlez-moi de cet échange. Les voisins disent que vous avez eu une longue discussion animée avec cet ouvrier une semaine avant la mort de Fu.

– Il s'appelle Dabao, il vient de la même province que moi. Croyez-le ou non, on ne s'est jamais rencontrés là-bas, mais à Shanghai, c'est normal que les gens de même origine se retrouvent. C'est comme une petite communauté, on est censés s'entraider. Quand j'ai voulu rénover l'appartement, Dabao m'a donné de bons conseils. J'ai donc suggéré à Fu de l'engager pour les travaux et il l'a généreusement payé. C'est tout. Il y a quelques semaines, on a eu des problèmes avec la climatisation, alors je lui ai demandé de venir la réparer. J'ai été très déçue quand il m'a demandé de le payer plus et que de toute façon, on s'en fichait puisque c'était l'argent de Fu. C'est pour ça qu'on s'est disputés. »

Cette version concordait avec le récit de Petit Huang et écartait les hypothèses fantasques de Liu.

« Merci. Une fois que l'affaire sera résolue, ces commères se tairont, vous avez ma parole. Encore une question, avez-vous remarqué quelque chose d'inhabituel les jours qui ont précédé sa mort ?

– Non. Il n'a rien dit, rien fait de particulier, du moins je n'ai rien vu. Il appréciait ma cuisine, mais ça ne l'empêchait pas de dîner dehors une ou deux fois par semaine. Les restaurants sont chers et la nourriture n'est pas toujours propre et saine, alors ce soir-là, je l'ai encouragé à manger plus souvent à la maison, mais il a répondu qu'il le ferait quand il ne pourrait plus marcher. Il était d'assez bonne humeur.

– Il vous a dit où il allait ?

– Oui, il me l'a dit, pour que je sache que je n'avais pas à faire la cuisine. Comme le restaurant est proche de la gare, il envisageait de se rendre ensuite à Suzhou pour déguster des nouilles. Il pouvait dormir trois ou quatre heures dans le train de nuit et arriver juste à temps pour la première marmite de nouilles de Suzhou. Beaucoup de gens sont persuadés que la première marmite, sans résidu de farine, est de loin la meilleure. Cette solution lui faisait aussi économiser une nuit d'hôtel.

– C'était un connaisseur.

– À qui le dites-vous. Surtout les spécialités de Suzhou. Selon lui, là-bas les amateurs ne mangent que des plats de saison. En été, des nouilles aux trois crevettes – cervelle de crevette écarlate, gros œufs de crevette et des succulents corps décortiqués –, le tout agrémenté de feuilles de lotus frais pour parfumer la soupe.

– J'ai entendu parler des nouilles aux trois crevettes, dit Chen en fixant sa soupe froide dans un irrépressible hochement de tête.

– Mais il n'y allait pas que pour les nouilles. Il y passait généralement un ou deux jours pour goûter aux autres spécialités. Les bébés crabes aux carapaces molles, l'oie au vin jaune, les fraises… Après tout, c'était le seul plaisir qui lui restait. Le voyage lui rappelait aussi les années passées avec sa femme ; elle l'accompagnait toujours dans ses escapades improvisées à Suzhou, c'est ce qu'il m'avait confié. »

Meihua soupira, étira ses jambes, la tête baissée sur ses sandales de bois usées, aux couleurs autrefois vives, désormais passées et aux lanières de toile sans doute plusieurs fois remplacées. Il s'étonna d'une telle économie. A priori, elle ne les portait pas pour être à la mode, même si elles accentuaient le galbe de son pied nu.

« Ces sandales étaient à sa femme. C'est pour ça qu'il les a gardées, dit-elle à voix basse comme si elle lisait dans ses pensées. Je les ai trouvées dans le grenier sans savoir. Je n'aime pas jeter, alors j'ai pensé que je pouvais les mettre. Il est devenu tout blanc quand il m'a vue avec. Mais il m'a donné la permission de les porter. Je dois dire qu'il insistait même. »

Finalement, Xiaoqiang et Hongxia avaient peut-être de bonnes raisons de s'inquiéter. Le vieil homme avait confié beaucoup de choses à Meihua, et pas que des paroles, pensa Chen en avalant une autre cuillère de soupe huileuse.

« Méprisez-moi si vous voulez, poursuivit-elle d'une voix presque inaudible, quand je les porte, je me sens comme si… »

Il y avait dans ce demi-aveu quelque chose de touchant, et nullement méprisable.

« Autre question, Meihua, lança Chen en changeant de sujet. D'après le comité de quartier, un ancien Garde rouge nommé Pei est récemment venu trouver Fu, et sans votre intervention, le vieil homme n'aurait jamais réussi à se débarrasser de lui. Vous pouvez m'en dire plus sur cet épisode ?

– J'ai eu du mal à les séparer. Et je me souviens que Pei n'arrêtait pas de dire qu'il avait besoin de cet argent, qu'il le méritait à cause d'une précieuse liste. Je n'avais aucune idée de ce dont il s'agissait. Plus tard, Fu m'a raconté que Pei l'avait supplié de lui accorder un prêt pour son fils malade, mais qu'il ne l'avait pas cru.

– Je ne l'aurais pas cru non plus, intervint Chen. Encore une précision. Est-ce que Fu vous a dit ce qu'il comptait faire de sa fortune ?

– Non, pas précisément. Il ne s'intéressait pas à l'argent. Ce n'était un secret pour personne. Il a un jour émis l'idée de tout léguer à un fonds de charité au nom de sa femme, mais je crois qu'il n'avait pas encore pris sa décision.

– Et vous ?

– Quoi moi ? Je n'étais opposée à rien. Qu'il donne tout à ses enfants ou à un organisme, ça ne me regardait pas.

– Je veux dire, quels sont vos projets, maintenant que vous avez un permis de résidence ? Tout le monde sait qu'il voulait vous mettre à l'abri du besoin.

– Je vais rester encore un peu ici. C'est ce qu'il aurait voulu, je pense. Puis quand j'aurai trouvé un travail, je partirai. Je préfère me débrouiller toute seule.

– C'est vous qui voyez, mais légalement vous pouvez rester dans la maison *shikumen* aussi longtemps que vous le désirez. Si vous avez besoin de conseils sur vos droits, je peux demander à mes collègues », ajouta Chen en avalant le dernier petit pain, trop gras maintenant que la soupe était froide. « En venant ici cet après-midi, je me suis demandé si, dernièrement, vous aviez vu quelqu'un guetter ou rôder autour de la cité ?

– Difficile à dire. Je ne sortais pas beaucoup. Une fois le matin et une ou deux fois l'après-midi, je faisais l'aller-retour au marché. Parfois quelques courses dans le quartier. Mais… maintenant que vous le dites…

– Oui ?

– Environ une semaine avant la mort de Fu, alors que je sortais de la maison, j'ai cru apercevoir quelqu'un. Pendant un instant, il m'a semblé que je le connaissais, mais il a disparu avant que j'aie le temps de bien voir…

– Attendez. Vous pouvez me dire quand c'était exactement ? Et où ?

– C'était en fin d'après-midi, j'allais au marché, vers cinq heures, je dirais. L'homme était près de l'entrée du milieu, dans la rue du Fujian.

– En d'autres termes, celui qui s'était posté là pouvait parfaitement voir qui entrait et sortait de votre maison.

– Oui, c'est sûr.

– Vous avez remarqué autre chose ?

– Non, vous savez, ça arrive. Une personne familière peut s'avérer n'être qu'un parfait étranger. J'en parle parce qu'il m'a semblé le voir une autre fois, un ou deux jours avant la mort de Fu. Il a de nouveau baissé la tête comme s'il avait peur d'être vu. En tout cas, c'est l'impression que j'ai eue.

– Mais vous ne l'avez pas reconnu, n'est-ce pas, Meihua ? C'est un point important. À quelle distance était-il ? Entre son poste d'observation et la maison d'où vous sortiez.

– Quatre, cinq mètres, environ.

– Pouvez-vous me le décrire ?

– Une cinquantaine d'années. De taille moyenne. Les cheveux grisonnants, je crois, dit-elle en hésitant. Comme je vous ai dit, ce n'était qu'une impression passagère. Je peux me tromper. Et il y a un petit magasin près de l'entrée. Parfois les gens du quartier traînent à cet endroit.

– Mais ce n'était pas un habitant de la cité ?

– Non, je ne crois pas.

– Et vous êtes sûre que ce n'était pas Pei, l'ancien Garde rouge ?

– Non, Pei est plus grand. Pourquoi ?

– Il fait partie des suspects. Dernière question. Vous connaissez l'adresse de Zhang Nez Rouge dans la cité ?

– Il habite aussi vers le milieu de la ruelle. Sa maison est juste en face de celle de Fu. Au deuxième étage.

– Merci beaucoup, Meihua. Vous m'avez été d'une grande aide. Donnez-moi le numéro du téléphone public. Je vous tiendrai au courant de nos avancées.

– Tenez, dit-elle en inscrivant le numéro sur une serviette en papier.

– Je vous ai retenue assez longtemps. Il est sept heures moins le quart. Sortez la première. Je vais retourner à la cité, ajouta-t-il, pour voir s'il y a une conversation ce soir. »

Chen la regarda s'éloigner dans le crépuscule montant, son panier de bambou à la main, ses talons nus formant une tache pâle au-dessus des semelles en bois.

Il régla la note. Elle n'était pas élevée, mais après le tofu fermenté de la veille, il allait devoir faire attention à ne pas dépenser tout son budget mensuel.

Dans la rue du Fujian, il aperçut le minuscule magasin dont avait parlé Meihua. Un vieil homme, sans doute le propriétaire, caressait négligemment un chat blanc couché sur le comptoir. Il n'y avait aucun client, seuls quelques jeunes traînaient là, tous à une certaine distance de l'entrée, debout ou accroupis à fumer comme s'ils n'avaient rien d'autre à faire au monde.

Quand il retourna vers l'entrée principale, il pleuviotait toujours. Personne n'était assis dehors pour la conversation du soir.

Il entra dans la cité en sifflotant comme s'il s'engageait seul dans les profondeurs d'une forêt obscure et frappa à la porte délabrée de la maison située en face de celle de Fu.

*

Quand Chen rentra chez lui, il était dix heures et demie passées.

Sa mère était déjà couchée. Sur la table, elle avait laissé un grand bol de nouilles froides, dans le style de Shanghai, cuites à l'huile et au beurre de sésame, des bouteilles de sauce soja et de vinaigre et une petite assiette de concombre émincé à ajouter selon son envie.

Un petit mot expliquait : « C'est pour toi. Assaisonne les nouilles avec la sauce que tu veux, tu sais faire ça. »

Le grenier était séparé en deux par une bibliothèque. Sur la pointe des pieds, Chen emporta le bol vers son côté, mangea silencieusement ses nouilles et s'affala sur son lit.

L'excitation qu'il avait ressentie en discutant avec la jeune bonne, puis avec Zhang Nez Rouge, commençait à se dissiper. Zhang lui avait fourni de précieux renseignements, notamment une théorie personnelle sur l'alibi de Pei. Il avait confirmé la présence suspecte d'un homme au milieu de la ruelle. Comme Meihua, Zhang n'aurait su dire de qui il s'agissait. Mais ce n'était ni Pei ni un voisin.

Peut-être essayait-il de brouiller les pistes.

Sentant l'approche d'une migraine sourde, Chen se massa les tempes.

Il n'avait pas du tout envie de dormir. Il attrapa *L'Insoutenable Légèreté de l'être*. Paradoxalement, lire en anglais l'aidait à trouver le sommeil. Dans une autre langue, il se fatiguait plus vite.

Il avait déjà lu plus de la moitié du roman et ce soir-là, dans la cinquième partie, il tomba par hasard sur une phrase non traduite : *Es muss sein*.

Grâce au peu d'allemand qu'il avait appris à l'université, il comprit. « Cela doit être. » La devise, partie d'une plaisanterie entre amis, avait inspiré à Beethoven le motif d'un quatuor. Le compositeur avait insufflé à la phrase une connotation métaphysique, funeste, et Kundera en avait fait un des concepts clés de son roman. Quand le personnage de Thomas hésite à retourner à Prague après que Tereza l'a laissé à Zurich, il se dit : *Es muss sein*. En d'autres termes, il doit la suivre jusqu'au bout. Même si, dans de telles circonstances, la décision paraît incompréhensible, elle a du sens pour Thomas, infidèle pour une fois à son insoutenable légèreté d'être.

Chen posa le livre. La digression métaphysique de ces pages était brillante. Face à des décisions difficiles, les gens se disaient souvent *Cela doit être*. Et les vraies raisons de leurs actes restaient inconnues de tous, y compris d'eux-mêmes…

Il se redressa brusquement et fit tomber bruyamment le volume sur le sol, manquant de réveiller sa mère qui dormait de l'autre côté de l'étagère.

Le mystère commençait à s'éclaircir…

Nouilles et combats de grillons

Le lendemain, vers onze heures et quart, Chen entra à nouveau dans le bureau de l'inspecteur Ding. Un bol en carton de nouilles instantanées, couvercle à moitié déchiré, traînait sur le bureau et un thermos d'eau chaude reposait sur le sol.

Chen lut la surprise sur le visage de Ding. Et aussi une pointe d'agacement qu'il ne parvenait pas à dissimuler.

« Le jeune apprenti avide de conseils avisés est de retour, plaisanta Chen dans un bref sourire gêné.

– Vous voulez dire que vous poursuivez l'enquête tout seul ?

– Non, pas vraiment, mais ce que vous m'avez raconté sur les poursuites lancées contre Pei m'a fait réfléchir, alors je viens vous faire un nouveau rapport.

– Comment ça ? rétorqua Ding sans se donner la peine de proposer une chaise au visiteur importun.

– Lors de notre dernier échange, vous m'avez fait remarquer que le mobile de Pei n'était pas très solide, mais que sous la pression du gouvernement municipal, vous deviez vous contenter de la solution la moins contestable. Je sais que vous êtes très occupé. Mais moi qui ne suis pas encore un vrai policier et qui n'ai pas une grosse charge de travail, je peux me permettre d'explorer les pistes que vous avez ouvertes. Vous vous souvenez d'un homme surnommé Zhang Nez Rouge que j'ai rencontré à la conversation du soir ?

– Vous êtes retourné là-bas ?

– Non. Mais Zhang avait l'air de bien connaître Pei. Alors je suis allé chez lui. Au vu de son témoignage, plusieurs détails ne collent pas. Premièrement, il a croisé Pei à la taverne de la rue du Yunnan peu de temps après la dispute entre Pei et Fu. Curieux d'en savoir plus, il lui a offert un verre de bière, ce qui lui a tout de suite délié la langue. En réalité, le fils de Pei avait une mauvaise grippe, mais rien de grave. Pei s'en est servi comme prétexte pour réclamer de l'argent. Selon lui, sans l'intervention de la bonne, il aurait réussi. Il était déterminé à retenter sa chance. Un homme au cœur tendre comme Fu finirait tôt ou tard par céder.

– Vous voulez dire qu'au fond Pei avait de la sympathie pour Fu ?

– D'après Zhang, quand Pei est chaud comme un marron, ce qui arrive assez souvent, il maudit Mao et la Révolution culturelle, mais jamais Fu. Au fond, l'ancien Garde rouge est lucide. En tout cas, il n'a pas de mobile sérieux, vous avez raison sur ce point.

– J'y ai réfléchi aussi. Mais ivre ou non, il avait intérêt à éviter de crier sa haine à l'égard de Fu sur tous les toits, ajouta Ding en se levant pour tendre une chaise à Chen.

– Merci, inspecteur Ding. Mais même en admettant qu'il ait eu un mobile, comment aurait-il fait pour tuer Fu à cet endroit précis ?

– Il l'a peut-être attendu. Il y a des ruines partout et presque personne ne passe là-bas la nuit.

– Mais il ne savait pas ce que Fu avait prévu ce soir-là. Meihua était la seule à être au courant, et encore, elle ignorait dans quel restaurant il dînerait et quel chemin il emprunterait. Et on peut tout de suite écarter la possibilité qu'elle en ait parlé à Pei. Le seul scénario plausible serait qu'il ait suivi Fu jusqu'au restaurant et attendu qu'il sorte. Dans une zone déserte, comme vous venez de le faire remarquer.

– C'est envisageable. Continuez.

– Dans cette hypothèse, j'ai demandé à Zhang s'il avait vu des personnes suspectes rôder autour de la cité les jours qui ont précédé la mort de Fu.

– Allons, Chen. Il y a plusieurs entrées. J'ai moi-même fait le tour du quartier plusieurs fois. Ce n'est pas possible de surveiller les allées et venues de tout le monde.

– Zhang habite en face de chez Fu, vers le milieu de la ruelle. Un homme posté près de la porte du milieu peut parfaitement voir les gens entrer et sortir de chez eux.

– Et alors ? Est-ce que Zhang a remarqué quelqu'un ?

– Oui. Un ou deux jours avant la mort de Fu, alors qu'il sortait par cette porte, il a vu un étranger traîner dans les parages. Et quand il est rentré environ une heure plus tard, l'homme était toujours là à jeter des regards furtifs vers les maisons *shikumen*. Zhang s'en souvient parce qu'il a eu l'impression de l'avoir déjà vu, sans pour autant le reconnaître. Il est certain que ce n'était pas Pei. J'ai posé la même question à Meihua et elle m'a donné une réponse semblable. Quelqu'un rôdait autour de l'entrée du milieu et observait discrètement les bâtiments. Ce n'était pas Pei, elle aussi a été catégorique là-dessus, mais elle est presque certaine d'avoir vu l'homme deux fois au même endroit. Elle pense qu'il avait sans doute peur qu'on le reconnaisse parce qu'à chaque fois, il s'est enfui en l'apercevant.

– Vous avez aussi interrogé la bonne ?

– Je sortais avec Zhang quand je l'ai vue sortir de la maison d'en face », répondit Chen, ayant pris note du ton exaspéré de Ding. Il ne lui dirait pas qu'il l'avait emmenée au restaurant. Pour une raison qui le dépassait, il voulait tenir Meihua le plus possible à l'écart de l'enquête. « Zhang nous a présentés. Nous avons seulement échangé quelques mots. Mais son discours était cohérent. Qui que soit ce rôdeur mystérieux, ne connaissant pas l'emploi du temps de Fu, il a dû attendre des jours, voire des semaines, avant de réussir à le suivre jusqu'au lieu du meurtre.

– Cette piste risque de ne mener nulle part, surtout en ce moment où nous manquons d'hommes et de temps. Et puis, votre hypothèse d'embuscade nocturne ne repose que sur des présomptions.

– Laissez-moi soulever un point mentionné dans le rapport de scène de crime que vous avez rédigé, reprit Chen en sortant le dossier. Il est très détaillé. Il s'agit d'un chantier de construction, comme vous l'avez remarqué, pas loin de *La cuisine privée de Tang* et de la gare. Parmi les objets trouvés sur les lieux, on a ramassé plusieurs mégots de cigarettes jetés près d'un mur en ruines. Vous n'auriez pas cité ce détail s'il ne vous avait pas semblé important. Vous avez donc forcément imaginé que quelqu'un avait pu se cacher derrière le mur délabré, fumer dans l'obscurité en attendant que Fu sorte pour lui asséner le coup fatal.

– Les mégots font partie des indices que nous sommes obligés de collecter, mais je reconnais que ce détail corrobore votre hypothèse. » Ding ouvrit un tiroir et sortit un autre bol de nouilles instantanées. « Commençons par manger un peu, Chen.

– C'est incroyable. Ce n'est que la deuxième fois que j'en vois. Elles sont fabriquées au Japon !

– Ma femme travaille pour cette marque. Je profite des avantages. » Ding se leva pour verser de l'eau chaude dans les deux bols. « Allez-y, conseilla-t-il en levant sa cuillère en plastique.

– J'ai été étonné par l'explication de Zhang sur la raison pour laquelle Pei aurait menti sur son alibi, reprit Chen.

– C'est un point épineux, en effet. Pei nie avoir commis un crime, mais il n'arrive pas à expliquer pourquoi il a menti.

– Au cours de la conversation du soir, Zhang a parlé d'une serveuse de taverne qui, par pitié, lui garde les fonds de bouteilles. Chez lui, je lui ai demandé de me donner des détails. La serveuse est sa maîtresse. Elle est mariée, mais son mari travaille sur un paquebot et ne rentre qu'une fois par an. Le reste du temps, c'est Pei qui réchauffe son lit. Elle travaille le soir. Il est allé là-bas vers dix ou onze heures et a bu ce qu'elle lui avait gardé. Vers minuit, il est parti en même temps qu'elle. Il essaie peut-être de la protéger en prétendant être allé seul au cinéma. Si ça se trouve, quand vous l'avez interrogé la première fois au téléphone, il n'était même pas au courant de la mort de Fu, ni qu'il faisait partie des suspects.

– On peut vérifier auprès de la serveuse, mais si Pei... »

Mais si Pei n'était pas coupable, l'inspecteur Ding retournerait à la case départ. Et subirait à nouveau la pression du gouvernement municipal. Cette éventualité ne devait guère le réjouir.

« Et puis, vous m'avez aussi beaucoup appris, inspecteur Ding. Avec vos listes.

– Les listes de suspects potentiels ?

– Oui. Pour paraphraser un vieux proverbe : *Lire votre liste pendant une nuit a été plus instructif qu'étudier des manuels pendant dix ans.* » Encore un faux compliment désarmant qu'il se sentait obligé de faire, même si l'inspecteur Ding, qui aspirait ses nouilles d'un air pensif, ne semblait plus si mécontent de sa visite. « La liste de ceux à qui profite la mort de Fu. On y trouve d'abord ses deux enfants, puis des parents plus éloignés. Vous n'avez pas creusé la piste de Xiaoqiang et Hongxia car, comme vous me l'avez expliqué, il leur suffisait d'attendre encore quelques années pour que l'immense fortune de leur père leur revienne. Ils avaient beau redouter que la bonne prenne leur place en tête des héritiers, ils n'étaient pas certains qu'il y ait quoi que ce soit entre elle et lui. D'ailleurs, ils ont été abasourdis quand ils ont découvert qu'elle figurait sur le registre de résidence.

– Non, ils n'avaient aucune raison d'en arriver à de telles extrémités, à moins d'avoir été mis au courant de changements dans les dispositions testamentaires.

– Oui, j'avoue que tout ça me laissait perplexe. Hier soir, je n'arrivais pas à dormir alors j'ai relu la liste pour la sixième fois sans y voir plus clair. Et puis, j'ai pris un roman dont le leitmotiv, *Es muss sein*, m'a frappé. J'ai eu une révélation, exactement comme celle que vous venez de formuler.

– Vous avez trouvé la solution dans un roman ?

– Oh, ça m'a simplement aidé à réfléchir comme vous, s'empressa de répondre Chen. Le cœur du mystère, comme nous le répétons depuis le départ, est la fortune de Fu. Quelqu'un qui aurait appris que son héritage risquait de lui échapper aurait eu un vrai mobile.

– De quoi parlez-vous, Chen ?

– En d'autres termes, l'assassin était persuadé qu'il n'avait pas le choix, qu'il était obligé de commettre le crime à ce moment précis. En repoussant l'échéance, il risquait de perdre sa part.

– Voilà une drôle de façon de mener une enquête de police.

– Mais c'est possible, n'est-ce pas ? » Chen s'interrompit pour avaler une cuillerée de soupe de nouilles épicée avant de continuer. « Xiaoqiang et Hongxia mis à part, qui d'autre pourrait profiter de la mort de Fu ?

– Vous voulez dire, qui d'autre sur la liste ?

– C'est ça. Et j'ai appris autre chose dans les conversations du soir et les enregistrements des interrogatoires des enfants : la situation catastrophique du deuxième mariage de Hongxia.

– Ce Sima n'est qu'un bon à rien. J'ai regardé son dossier. Leur mariage va mal depuis des années. À Shanghai, on voit souvent des couples vivoter comme ça jusqu'à une fin amère.

– Eh bien, j'ai invité Hongxia ce matin. Un petit déjeuner dans un restaurant traditionnel du Bazar du temple du dieu protecteur de la ville, et elle m'en a raconté de belles.

– Vous avez beaucoup mangé au cours de votre enquête, Chen… D'abord avec votre ami le gourmet, et maintenant avec Hongxia.

– D'après elle, Sima ne joue pas qu'aux combats de grillons, mais à toutes sortes de jeux. Comme il croule sous les dettes, les créanciers viennent souvent frapper à leur porte…

– Des dettes de jeu, prononça Ding en fronçant les sourcils. J'aurais dû explorer cette piste.

– Et ce n'est pas tout. Il y a quelques mois, elle est rentrée plus tôt que d'habitude et elle a surpris une conversation entre Sima et un créancier affilié à une triade. Elle a compris que son mari avait emprunté en se servant de sa part d'héritage comme garantie. Face à l'impatience du prêteur, Sima s'est senti obligé de raconter que Fu était en phase terminale d'une maladie et que ses jours étaient comptés. Pour elle, ça a été la goutte d'eau. Leur couple battait de l'aile depuis des années, mais pour épargner la honte à sa famille, elle avait tenu à sauver les apparences. Il jouait, il perdait de l'argent, mais il réussissait à sa façon à subvenir à leurs besoins ; il était même capable de lui offrir des petites attentions, des cadeaux. Mais cette conversation lui a prouvé que leur mariage reposait sur un mensonge. Il lorgnait sur la fortune du père depuis le premier jour. Effondrée, elle lui a annoncé le soir même qu'elle demandait le divorce et qu'il pouvait renoncer à son rêve de toucher un jour un centime de l'héritage…

– Oui, ça pourrait être un mobile. Le divorce ne sera pas prononcé tout de suite, mais ce n'est qu'une question de temps.

– *Es muss sein*, non ? J'ai demandé à Hongxia où était Sima ce soir-là. Elle s'est rappelé qu'il était rentré après minuit en disant qu'il avait joué au mah-jong avec ses copains habituels dans l'immeuble Zijin et qu'il avait gagné gros. Je lui ai demandé les noms et adresses de ses partenaires de jeu, ils habitent tous là-bas.

– Je connais cet endroit. Un vieil ensemble en béton affreux près de la rue Renming, intervint Ding en saisissant la liste de noms que Chen lui tendait. Au fait, vous avez dû lui offrir un somptueux petit déjeuner pour qu'elle vous dévoile tant de choses.

– Pas tant que ça. Un cuit-vapeur en bambou plein de petits pains farcis à la soupe, deux bols de soupe de raviolis aux crevettes et des rouleaux de printemps.

– Tout de même ! J'espère qu'elle ne vous a pas ruiné !

– Je vais seulement devoir faire attention pendant les deux prochains mois. Zhang Nez Rouge m'avait laissé entendre que s'il y avait bien une chose qu'elle avait héritée de son père, c'étaient ses gènes d'épicurien. »

Chen attrapa la dernière feuille de chou séché au fond de son bol de nouilles.

« Oh, autre chose, inspecteur. Je ne sais pas si Pei fume, mais je sais que s'il a de l'argent, il le boit sans attendre. Par contre, Sima fume comme un pompier. Il peut perdre des sommes énormes tout en continuant à fumer à la chaîne des cigarettes Double Bonheur. Je crois que la marque figure dans votre rapport. Hongxia m'a confirmé que c'étaient ses préférées. J'imagine que les mégots font partie des pièces à conviction. On doit pouvoir vérifier les empreintes ou l'ADN. Mais je ne connais pas bien le protocole, je commence à peine à traduire le manuel, vous savez…

– Voilà ce qu'on va faire, Chen. Vu son passif de joueur, on peut facilement le placer en détention provisoire. En attendant, je vais aller vérifier l'alibi de Pei auprès de la serveuse et je vais interroger les partenaires de mah-jong de Sima. » L'inspecteur Ding se leva et consulta sa montre. « La cantine doit être fermée, mais je vous dois un déjeuner, Chen. Le bol de nouilles, ça ne compte pas. »

*

Un malheur, ou un bonheur, n'arrive jamais seul.

Le lendemain matin, l'inspecteur Ding convoqua Chen dans son bureau.

« Sima a tout avoué. Au début, il a tenté de s'accrocher à son histoire de mah-jong, mais quand je lui ai montré le témoignage de ses copains du bâtiment Zijin et le rapport des empreintes digitales, il a compris qu'il était cuit et il a lâché le morceau. Sa relation avec Hongxia bat de l'aile depuis des années, mais il s'en accommodait parce qu'il espérait toucher un jour l'héritage. Couvert de dettes, il a réussi à repousser ses créanciers en leur promettant de les rembourser à la mort de Fu. Il y a quelques mois, il a été consterné d'entendre Hongxia parler sérieusement de divorce. Ça l'a rendu fou. Et comme dans le proverbe, *un chien poussé à bout peut sauter par-dessus le mur*. D'après ses calculs, la seule façon pour lui de récupérer l'argent était que Fu meure avant que le divorce soit prononcé. Sans enfant, il aurait droit à la moitié de la part de sa femme, une somme colossale qui lui permettrait largement de rembourser ses dettes. Il savait que Fu dînait parfois dehors. Et il n'était pas question de le surprendre près de la cité de la Poussière Rouge où il risquait d'être vu et reconnu. Il a donc guetté l'occasion de le suivre dans un autre quartier. Inutile de vous raconter la suite, vous la connaissez, ajouta Ding en sortant un paquet de cigarettes. (Des Phénix, plus chères que les Double Bonheur.) Pour fêter ça.

– Merci, inspecteur Ding. Je suis content de fêter avec vous ce succès.

– J'ai dit au secrétaire, Li, combien vous m'avez aidé, mais il était sûrement trop occupé à discuter avec les membres du gouvernement municipal pour m'écouter. Je peux vous dire une chose, Chen, en dépit de votre diplôme d'anglais, vous avez l'étoffe d'un flic. Ça ne fait aucun doute. »

Dans le cadre d'une affaire aux enjeux si politiques, Chen aurait compris que l'inspecteur Ding rechigne à partager son succès avec un jeune diplômé d'anglais. Que Li ait enregistré l'information ou non, une conclusion si rapide était une récompense amplement suffisante.

« Merci, inspecteur Ding. Grâce à vous, j'ai beaucoup appris.

– Vous avez sillonné la ville, payé des petits déjeuners et je ne sais quoi d'autre. Vos frais vous seront remboursés, c'est la moindre des choses. Voilà trois cents yuans, pris dans le fonds spécial de la brigade.

– Merci ! C'est l'équivalent de deux mois de salaire ! »

Quand Chen retourna dans la salle de lecture, il trouva parmi son courrier une lettre de la maison d'édition Lijiang. On lui offrait une généreuse avance pour la traduction de *Roseanna*. Encore une bonne nouvelle.

Pris d'une impulsion soudaine, il composa le numéro du téléphone public de la Poussière Rouge et, faisant les cent pas dans la pièce, le téléphone serré dans la main, attendit que la voix de Meihua se fasse entendre à l'autre bout de la ligne. Elle semblait à bout de souffle. Elle avait dû courir dans ses sandales en bois.

« Quelles nouvelles, camarade Chen ?

– De bonnes nouvelles. L'assassin a été arrêté. Il a avoué.

– Qui est-ce ?

– Il y a encore des points à confirmer. Je vous en parlerai ce soir. J'ai un service à vous demander. Pourriez-vous préparer un bon dîner chez vous ? Je viendrai avec deux personnes qui ont contribué à tirer cette affaire au clair. »

Le scénario ressemblait aux dénouements des romans policiers classiques : tout le monde était réuni ; le policier racontait comment il avait réussi, pas à pas, à percer le mystère et désignait le coupable. À la différence près que Sima n'assisterait pas à ces révélations capitales. Mais dans la vraie vie, une telle mise en scène serait sûrement trop théâtrale.

À l'autre bout de la ligne, Meihua, sans doute abasourdie par la proposition, mettait du temps à répondre.

« Ce sera aussi un dîner à la mémoire de Fu. Comme je vous l'ai dit, ses souffrances pendant la Révolution culturelle me rappellent celles de mon père. Je me fais un devoir de brûler un bouquet d'encens pour lui.

– Oui, des longues tiges, et je lui annoncerai la nouvelle pendant le dîner, autour de ses plats préférés. Dans mon village du Jiangxi, on fait ça aussi. Il pourra enfin se reposer et fermer les yeux. Merci beaucoup, camarade Chen. Hier au restaurant, j'ai tout de suite vu que vous n'étiez pas un policier comme les autres.

– Eh bien, c'est la première affaire sur laquelle je travaille depuis que je suis entré dans la police. Ça se fête. Ne regardez pas à la dépense. Trois cents yuans, ça ira ? C'est le bureau qui paie. Le fonds d'enquête spécial. Oh, invitez aussi Vieille Racine. C'était un ami de monsieur Fu.

– Oui, c'est un homme bon, le seul à lui avoir adressé la parole pendant cette période terrible. »

Chen avait une autre raison d'inviter le vieil homme, mais il préférait la taire. Au milieu des ragots qui circulaient sur Fu et Meihua dans le voisinage, le compte rendu de Vieille Racine sur l'arrestation du meurtrier calmerait les esprits.

« Je file au marché. Je connais un marchand de fruits de mer qui vend des produits frais du jour. Fu a laissé de l'argent aussi, vous savez. Il se réjouirait tellement de ce dîner. »

Après tout, le métier de policier apportait quelques satisfactions.

À sa plus grande surprise, Chen envisageait soudain cette nouvelle carrière avec un intérêt sincère.

Il appela ensuite le docteur Xia et Lu le Chinois d'outre-mer pour les inviter à la fête. Sans entrer dans les détails, il expliqua que c'était en lien avec une enquête en cours et que pour les remercier de leur aide, il leur offrait un dîner dans la cuisine privée d'une maison *shikumen*. Les deux gourmets s'empressèrent d'accepter l'invitation qui excitait leur curiosité et leur appétit.

Lui-même espérait beaucoup de ce dîner préparé par celle qui avait su satisfaire les exigences culinaires d'un épicurien aussi sophistiqué que Fu.

Que pouvait-il apporter à la fête ? Pour des gastronomes exigeants comme Lu et Xia, un plat acheté dans une épicerie fine de la rue de Jinling ne suffirait pas. Il eut soudain une idée. De la glace ! En cinq minutes de vélo, il pouvait être au *Grand Magasin Numéro Un*, dans la rue de Nankin. Grâce au réfrigérateur de Fu, ils mangeraient de la glace au dessert.

Le téléphone se mit à sonner. C'était le secrétaire du Parti Li.

« L'inspecteur Ding m'a parlé de votre intérêt pour le travail de la police. Vous avez discuté de l'affaire plusieurs fois avec lui ; vous êtes même allé chercher des idées dans un livre. »

Manifestement, Ding s'était bien gardé de dire que ses recherches avaient renversé le cours de l'affaire et même abouti à sa résolution. Chen n'était pas vraiment étonné.

« Pour être plus précis, les idées me sont venues de plusieurs livres, notamment le manuel de procédures que je traduis actuellement, dit Chen en pensant qu'il n'était pas si loin de la vérité.

– C'est fantastique. Continuez votre traduction dans la salle de lecture, Chen. Comme l'a fait remarquer le camarade Deng Xiaoping, nous avons besoin de nous ouvrir au monde d'aujourd'hui. C'est ce que je vous ai dit le jour où vous êtes entré au commissariat. »

En reposant le combiné, il se sentit beaucoup moins euphorique à l'idée du dîner. Il devait renoncer à son projet de récit palpitant clos par une révélation théâtrale digne de l'incroyable Hercule Poirot. Soit il devrait s'en tenir à la ligne de Ding, raconter qu'il avait discuté avec un supérieur aguerri et soumis quelques idées savantes, soit demander au docteur de ne toucher mot de la vérité à personne au bureau pour ne pas humilier ses supérieurs.

Encore une fois, *Es muss sein*. Il n'avait pas le choix. Il devrait encore collaborer avec l'inspecteur Ding s'il voulait un jour devenir un vrai policier.

Il se souvint d'un dessin qu'il avait vu dans son enfance – un homme fixant une boule de glace sur laquelle reposait une mouche à tête verte – et décida de faire l'impasse sur la glace.

Il attrapa *L'Insoutenable Légèreté de l'être* et reprit sa lecture. Il allait refuser le projet de traduction. C'était un texte magnifique, mais l'entreprise à deux lui semblait trop ardue. Et il serait déjà assez occupé par sa traduction de *Roseanna*. Il tenait néanmoins à terminer le roman de Kundera. *Es muss sein.*

Tout au plaisir de la lecture, il alluma une cigarette. Plongé dans les digressions philosophiques de l'auteur, il remarqua que les réflexions de Kundera sur le chapeau melon de Sabina lui apportaient un nouvel éclairage sur les sandales en bois de Meihua. Bien sûr, la symbolique de la cité de la Poussière Rouge n'était pas si complexe. Quand elle les enfilait, elle rentrait dans la peau de l'autre femme. Et dans ses sentiments, avec la permission de Fu.

Chen se demanda si le vieil homme avait donné son accord dans cette optique.

C'était peut-être un des inconvénients du métier de flic. Parfois, il valait mieux laisser certains secrets enfouis dans l'ombre, comme dans les poèmes de Li Shangyin, échos fugaces d'une cithare de la dynastie des Tang aux cordes à moitié brisées.

Dans la vaste mer, sous la lune, les perles ont des larmes ;
À Lantian, soleil chaud, des jades créent de la fumée.
Ces émotions auraient pu donner matière au souvenir ;
Seulement, au même moment, on était déjà désemparé.

Le téléphone sonna de nouveau. C'était encore Meihua, comme par une mystérieuse coïncidence.

Elle voulait lui soumettre le menu du dîner. Chen l'écouta avec intérêt. Il n'était pas seul. Xia, Lu, Vieille Racine et Meihua méritaient tous une bonne soirée. Alors qu'elle parlait d'une soupe de petite courbine, il proposa : « Ajoutez du tofu à la soupe. J'ai déjà essayé. C'est délicieux.

– Ah oui, du tofu. On ne peut pas faire un dîner à sa mémoire sans tofu. C'est la tradition, c'est indispensable. Comment ai-je pu oublier cet ingrédient essentiel ? » s'accusa-t-elle en sanglotant, tout à coup submergée par l'émotion.

Chen ne s'attendait pas à une telle réaction. Il avait fait cette suggestion seulement par gourmandise. Il l'entendit continuer d'une voix entrecoupée de sanglots :

« Il était le seul qui s'occupait vraiment de moi. Qui va m'aider maintenant ? Grâce à ses relations, Xiaoqiang a alerté la police du quartier. Il va emménager dans la maison, que j'y reste ou non. Et Hongxia doit venir, peut-être dès ce soir, récupérer les affaires de sa mère. »

Chen l'imaginait déjà débarquer en plein milieu du dîner.

Il y avait tellement de paramètres imprévisibles, préoccupants, impondérables, dans la vie d'un flic.

Il sifflota en reposant le combiné. Comme disait le vieux proverbe : *Huit ou neuf fois sur dix, les choses prennent un tour inattendu.*

SUR LE TERRAIN

La longue chaîne du karma

Des années après sa première enquête à la cité de la Poussière Rouge, l'inspecteur Chen Cao revint participer en visiteur inattendu aux fameuses conversations du soir.

« Ne vous inquiétez pas, chers amis. Ce soir, je ne suis pas là en tant que policier. Je suis venu ici plusieurs fois et j'ai adoré écouter vos histoires incroyables, avoua-t-il dans un sourire avant de s'asseoir sur le tabouret de bambou branlant qu'on lui tendait. Il se trouve que mon histoire est liée à ce quartier – plus précisément au marché de la rue Ninghai, juste derrière. Et ce soir, j'ai envie de la partager avec vous. »

Perplexes, les habitants de la Poussière Rouge le laissèrent dérouler un discours interminable sur la démolition du marché, comme s'il redoutait d'entrer dans le vif du sujet. Le marché en plein air avec ses étals de fortune et ses comptoirs en béton, autrefois si pratique pour les habitants, était devenu une verrue insupportable dans le décor de plus en plus moderne de la métropole. Il avait donc été transféré dans un bâtiment fermé, au croisement de la rue Ninghai et de la rue du Zhejiang. Tout cela n'avait rien de nouveau pour le public présent, mais ils attendirent patiemment. Ce n'était pas tous les jours qu'un flic venait leur raconter une histoire.

« Je voudrais vous parler d'un de mes collègues. Appelons-le C., se lança-t-il. Comme vous le savez, à la fin des années soixante, à cause de la pénurie alimentaire provoquée par la planification économique de Mao, les gens devaient aller faire la queue au marché tôt le matin, bien avant la sonnerie de la cloche.

« Dans la famille de C., c'était la mère qui allait là-bas tous les jours pendant que le père explorait le monde philosophique de Confucius. Mais une hépatite lui imposa du jour au lendemain un régime strict et C. se porta volontaire pour prendre la relève et tâcher de répondre aux prescriptions du médecin. Au marché, il repérait une mère de famille à l'air gentil en tête de file et se glissait près d'elle en murmurant : "Tante, ma mère est malade." Ainsi, il réussissait à doubler tout le monde. Parfois, on l'injuriait ou on le chassait. Dans ce cas, le garçonnet n'hésitait pas à retenter sa chance ailleurs avec le même aplomb, la bouche en cœur et la voix mielleuse. La plupart du temps, en moins d'un quart d'heure, il arrivait à ses fins et rapportait à la maison un panier plein. Bientôt, les voisines, mises au courant du stratagème, envièrent ses succès. C'était même une des rares choses dont sa mère osait se vanter.

« À l'approche du nouvel an chinois, un défi de taille se présenta à C. En général, les fêtes duraient du premier au quinzième jour du premier mois du calendrier lunaire, période durant laquelle tous les parents et amis se rendaient visite, s'embrassaient, s'offraient des cadeaux et dînaient les uns chez les autres. Suivant la tradition, "gros poisson, grosse viande" et autres plats de qualité devaient paraître sur la table, sans ça, l'hôte perdait la face au pire moment de l'année. Selon la superstition, le poisson symbolisait la barque de la fortune qu'il ne fallait surtout pas renverser dans la nouvelle année. Les invités bienveillants prenaient soin de ne pas toucher au poisson, ou alors, de n'enfoncer leurs baguettes que dans un de ses flancs, sans le retourner. En réalité, le but était de conserver un côté intact pour le servir à une autre occasion. Tout ça pour dire qu'il était important de stocker un maximum de denrées avant la fermeture du marché pour les fêtes.

« La mission s'annonçait délicate pour C. Dans l'anxiété générale, son approche grossière risquait de moins bien fonctionner. À son grand désespoir, le poids qui pesait sur ses épaules fut encore alourdi par la requête inattendue d'une amie de sa mère vivant cité de la Poussière Rouge, Tante Qing, qui insista pour qu'il emmène avec lui sa fille, Petit Phénix. Une telle responsabilité le terrifiait.

« Mais les deux enfants devaient se plier aux exigences de leurs familles. C. se creusa la tête pour mettre au point un stratagème. Il décida de déposer dès la veille au soir des paniers, des cordes, des briques et divers objets dans les travées du marché, comme des drapeaux plantés en terre pour en marquer la souveraineté et ainsi revendiquer leur place avant la sonnerie de la cloche. Vu la longueur de leur liste de courses, ils devraient réserver des places chez sept ou huit marchands différents. Mais ces “drapeaux” risquaient d'être enlevés pendant la nuit. Après les avoir placés dans les files, C. prévoyait donc aussi de les surveiller. Petit Phénix, refusant de rester chez elle, le rejoignit peu après minuit.

« Il neigeait. Un bon présage pour l'année à venir, un coup du sort pour les deux gamins transis. Le nez rouge, les mains gercées, elle le suivait joyeusement comme une “petite queue de phénix”, levant vers lui ses grands yeux brillants d'admiration. Espiègle, elle laissa courir ses doigts sur la neige qui couvrait le manteau de C. Elle éclata de rire quand il découvrit qu'elle y avait écrit "grand frère" : "Comme ça, je ne te perdrai pas de vue !"

« Vers cinq heures, il lui recommanda de garder leur place à l'étal des pieds de porc, un plat incontournable pendant les fêtes à Shanghai. Pendant ce temps, lui allait et venait entre les autres stands, prêt à se glisser dans une des files.

« Environ quinze minutes avant l'ouverture, la foule s'agita en voyant qu'on déplaçait tout à coup les pancartes des stands. Quand ils comprirent qu'ils attendaient au mauvais endroit, les gens se précipitèrent, tirant, poussant, se bousculant pour se frayer un passage. La plupart des "drapeaux" disparurent dans la bataille. C. réussit seulement à sauver deux places pour le porc et l'oie congelée. Il chercha Petit Phénix du regard dans la file où il l'avait laissée, beaucoup plus courte maintenant que le panneau annonçait "chou vert".

« L'ancien panneau avait mystérieusement migré vers un autre étal près de la rue du Fujian. Mais il ne la voyait pas là-bas non plus. Paniqué, il la chercha dans tout le marché jusqu'à entendre un gémissement couvert par le vent, comme un miaulement de chaton perdu, derrière l'ancien étal de pieds de porc. Il courut vers la masse étrange remuant sous un tas de caisses en métal retournées. Dans la cohue, elle avait trébuché ; heureusement, les caissons avaient amorti sa chute. Elle n'était pas blessée, mais ses chaussures s'étaient volatilisées et ses orteils écrasés étaient gelés dans la neige, aussi noirs que des dattes…

« Après cc fiasco, C. perdit toute confiance en son "génie du marché". Le souvenir du matin où il était resté à genoux dans la neige, impuissant à côté d'elle, le hantait. Il n'avait pas la force de retourner à la cité de la Poussière Rouge. On disait que Petit Phénix avait passé un très mauvais quart d'heure. Elle avait failli à sa mission, avait perdu un panier de bambou tout neuf, sans parler des précieux coupons de rationnement égarés dans la mêlée, et à cause d'elle, sa famille, incapable de servir un seul plat décent sur la table des festivités, avait perdu la face. De rage, son père lui avait donné une sévère correction… »

Chen s'interrompit pour attraper une tasse de thé Puits du Dragon que lui tendait un jeune homme de l'assemblée. Puis un homme de son âge lui alluma respectueusement une cigarette China.

« C'est sans doute pour ça que C. est devenu policier, poursuivit-il. Des années plus tard, il ferait le lien, grâce à un cours de psychologie intitulé "Traumatismes et compensations". »

Le silence retomba sur le groupe. Dans le socialisme à la chinoise, un policier pouvait facilement s'en sortir en menant sa barque dans les méandres de la corruption et des relations du système à parti unique. Les auditeurs se disaient intérieurement que C. n'était plus impuissant, au contraire. Il n'était plus le jeune garçon du souvenir enseveli sous la neige. Une question tremblait dans tous les esprits, comme la cigarette de Chen dans le crépuscule. Pourquoi évoquer ce soir un événement si lointain ? Petit Phénix avait sûrement déménagé depuis longtemps. Dans le groupe, personne ne se souvenait d'elle.

« Parfois, C. ne peut s'empêcher de s'interroger sur la longue chaîne de causalité, sur les égarements du yin et du yang, reprit Chen. Tant de maillons en apparence sans lien les uns avec les autres se retrouvent inexplicablement connectés pour aboutir à un résultat inattendu, inimaginable. S'il n'avait pas eu autant de succès au marché, il n'aurait pas causé tous ces ennuis à Petit Phénix au nouvel an. »

Chen inspira une longue bouffée de tabac. L'histoire ne semblait pas finie. Le mégot se consuma jusqu'à lui brûler les doigts. Tiré de sa rêverie, il poursuivit son récit.

« Il n'y a pas longtemps, la brigade des stupéfiants de la ville a parlé à C. d'une toxicomane arrêtée derrière le Grand Monde, dans la rue Ninghai. Maintenant que le marché n'existe plus, cette zone est sordide, avec ses tavernes miteuses et sa faune louche. On soupçonnait la fille d'être liée à des dealers et peut-être même à un "grand frère" mafieux. Elle refusait de parler. Ce qui n'était pas difficile à comprendre. Si elle ne coopérait pas, elle serait poursuivie pour possession de drogue. Mais si elle ouvrait la bouche, la sentence risquait d'être encore plus lourde.

« Se souvenant que C. avait suivi des cours de psychologie, le chef du bureau, le secrétaire du Parti Li, lui demanda de jeter un coup d'œil à l'affaire.

« C. soupçonnait d'autres motifs à cette requête. Il avait entendu dire que cette mission impossible avait pour but de lui faire perdre la face. Certains "vrais flics" du bureau lui reprochaient de fourrer son nez dans leurs enquêtes. L'échec escompté prouverait son incompétence. Mais trop heureux de quitter un instant une traduction rébarbative qu'il effectuait pour la brigade, il accepta sans rechigner.

« En chemin vers la salle d'interrogatoire, il songea au lieu commun qui veut qu'*on soigne un cheval mort comme s'il était vivant*.

« La toxicomane était assise seule, le visage émacié, les cheveux ébouriffés, l'air hagard, mais pleine de défi. Elle devait avoir une trentaine d'années. Une dure à cuire. Comme dit un autre proverbe, *le cochon mort ne craint pas l'eau bouillante.* Elle était foutue ; à présent, tout lui était égal.

« Il prit son temps, s'assit bien droit en face d'elle, appuya sur le bouton de l'enregistreur et commença l'interrogatoire par une citation de Mao : "*Confesse, tu auras droit à la clémence ; résiste, tu auras droit au châtiment.* Telle est la politique de notre Parti, vous le savez sûrement."

« "Si je parle, je suis morte, c'est sûr, souffla-t-elle en faisant tomber les cendres d'une cigarette par terre avant de poser un pied nu sur le bord de sa chaise. Vous croyez que je suis assez bête pour vous rendre ce service ?"

« Il ne sut que répondre. Mais il continua machinalement. Au bout d'une demi-heure, après avoir épuisé toutes les questions de routine, il se leva, prêt à abandonner, non sans un certain soulagement. Par principe, il lui tendit sa carte.

« "Si vous changez d'avis, faites-moi signe.

« – Je n'ai rien à dire", répéta-t-elle en grattant avec indifférence sa cheville dont les veines bleues saillaient, semblables à des gros vers de terre hideux, avant de jeter un coup d'œil à la carte.

« Soudain, elle leva vers lui un visage empreint d'une émotion nouvelle. Elle le dévisagea comme une droguée en manque face à un paquet de dope. Gêné par l'intensité de son regard, il baissa la tête et ses yeux tombèrent sur un orteil abîmé, pareil à une datte noire…

« "Grand Frère ! s'écria-t-elle.

« – Pardon ?

« – Le marché, la veille du nouvel an, tu te souviens ?

« – Petit Phénix…"

« Alors, comme si un barrage s'effondrait en elle, elle se mit à déverser un torrent de paroles sans se soucier de l'enregistreur qui faisait clignoter sa lumière rouge semblable à l'œil d'un monstre dans une forêt hantée.

« Peu après le fiasco du marché, sa famille avait déménagé de l'autre côté de la rivière, dans Pudong. Comme dit un vieux dicton, *beaucoup d'eau avait coulé*, d'abord dans le caniveau du marché, puis sur les chantiers qui l'avaient remplacé.

« Quand C. s'était vu confier l'affaire, il n'avait pas imaginé une seule seconde qu'il reverrait sa petite voisine après toutes ces années.

« Mais depuis la bousculade du marché jusqu'au coin glauque près du Grand Monde, l'itinéraire de Petit Phénix n'avait rien de surprenant. Géographiquement, elle avait parcouru moins d'un kilomètre. Une énième histoire de fille malchanceuse dans la Chine d'aujourd'hui. Sans relations, elle n'avait été acceptée dans aucun lycée, n'avait pas trouvé de travail ni de place dans la société de plus en plus matérialiste. Et elle avait fini par faire de mauvaises rencontres.

« Ce qu'elle avouait dans la salle d'interrogatoire sur sa participation à un trafic de drogue la compromettait irrémédiablement. Tout était enregistré. Ineffaçable.

« Pourquoi passait-elle soudain aux aveux ? Levant les yeux vers C., elle se racla la gorge et, après un petit temps de réflexion, reprit d'une voix douce et calme :

« "Tu te souviens de cette nuit-là, Grand Frère ? Quelle idiote j'étais, et jc le suis encore, incapable de réussir quoi que ce soit. En fait, je l'ai vraiment compris pour la première fois ce matin-là, quand les caisses métalliques me sont tombées dessus. Maintenant, je n'ai plus aucun espoir. Ne t'inquiète pas pour moi. Je suis contente d'avoir pu te parler aujourd'hui…

« – Ne dis pas ça !

« – Tu as mis la viande et l'oie dans mon panier, je m'en souviens encore, et tu es rentré sans rien. Tu es le seul qui ait été gentil avec moi, qui se soit sacrifié pour m'aider. Mais je ne vaux rien, je n'apporte que des ennuis."

« Elle croyait qu'il s'était donné du mal pour elle tandis que lui s'était senti coupable. Les gens voient toujours ce qui les arrange.

« Mais, encore une fois, demanda Chen, pourquoi avait-elle choisi de parler, de se condamner délibérément ? »

Dans la cour, tout le monde resta muet. La question planait dans les esprits. Était-ce un service qu'elle lui avait rendu – si on osait employer ce mot – en échange de sa générosité d'autrefois ?

« Votre ami C. a simplement fait son travail de flic, proposa un homme surnommé Huang Le Détective.

– En tout cas, certains de ses collègues n'ont pas été ravis du dénouement inattendu de l'affaire, mais le secrétaire du Parti Li s'est montré très satisfait. Il en a parlé au cours d'une réunion du bureau et a recommandé de confier à C. du vrai travail de policier. Plusieurs dealers importants ont été appréhendés. Ça a été un gros coup de filet pour la police. C. a essayé de plaider la cause de la jeune femme. Dans la politique du Parti, ceux qui avouaient devaient être traités avec clémence. Mais on avait du mal à arrêter les trafiquants de drogue et les directives étaient très strictes. Les criminels qui se faisaient prendre étaient sévèrement punis.

« "Un coup dur pour les dealers, a déclaré Li, un coup de maître pour notre bureau. Vous seul avez réussi à la faire parler, vous avez fait du très bon travail. Qui a dit que les études n'étaient pas utiles dans notre métier ?"

« C. eut beau expliquer les raisons qui avaient poussé la jeune femme à avouer, rien n'y fit. Le secrétaire du Parti, toujours politiquement correct, voyait les choses sous un autre angle :

« "Votre succès en dit long sur la nouvelle politique du Parti à l'égard des intellectuels. Ils ont un rôle crucial à jouer dans la réforme sans précédent de notre pays socialiste."

– De toute façon, elle n'avait plus rien à espérer, lança quelqu'un. Aveux ou pas, on ne pouvait plus rien faire pour elle, elle le savait très bien. »

C'était une interprétation plausible. Mais dans l'auditoire, personne ne pouvait croire que Chen soit venu à la conversation du soir simplement pour entendre cette réponse.

Peut-être avait-il encore une question, non posée et non résolue. Qu'était devenue Petit Phénix ? L'expression « sévèrement punie » laissait craindre le pire.

Ce dont on ne peut parler, il faut le taire.

Après un court instant, Chen distribua des cigarettes et alluma respectueusement celle de Vieille Racine, une figure des conversations du soir.

Puis il partit.

« Vous avez remarqué comme ses mains tremblaient quand il a allumé ma cigarette ? dit alors Vieille Racine.

– Oui. Pourquoi ?

– Pensez au coupable qui allume des bougies pour demander pardon. À votre avis, qui était C. ?

– Chen ?

– Exactement. Il s'en veut au point de venir raconter l'histoire devant la cité de la Poussière Rouge, poursuivit le vieil homme avant de tirer une longue bouffée de sa cigarette. Comme ceux qui brûlent de l'argent de l'autre monde dans un endroit cher au défunt, ajouta-t-il lentement. Il fera sans doute un flic honnête. »

Rideau rouge

Dans la cité de la Poussière Rouge, une autre famille se débattait dans les difficultés quotidiennes : La famille Tong. Le jeune Tong Haiming nourrissait une passion innée pour la photographie. Elle lui venait de son père, un photographe de presse du *Wenhui*, mort en mission dans un accident de voiture en 1957, une semaine avant d'être officiellement qualifié de « droitiste » à cause de ses articles dénonçant la face sordide de la Chine socialiste. Cette année-là, Tong Haiming fêtait ses quatre ans et tirait sur le crêpe noir au bras de sa mère, Juqing, tandis qu'elle serrait contre sa poitrine une photo de son mari encadrée de noir.

Des années plus tard, on attribua au jeune homme un poste dans une taverne miteuse près du croisement entre la rue du Henan et la rue de Nankin. La Révolution culturelle battait son plein et l'appel de Mao encourageant les jeunes instruits à partir à la campagne pour se faire « rééduquer par les paysans pauvres et moyen-pauvres » résonnait dans toute la ville. Tong pouvait s'estimer heureux d'avoir obtenu un travail à Shanghai consistant à puiser du vin de riz jaune dans de vieilles urnes en terre alignées le long d'un mur couvert de moisissures.

Le premier jour, il rentra chez lui totalement abattu. Juqing alla alors chercher un vieil appareil photo Seagull, le seul objet de valeur qui lui restât de son mari.

Comme prévu, le Seagull illumina la grisaille du quotidien de Tong. Il ne révéla son secret à aucun des habitants de la cité. Tout d'abord, l'appareil photo était un symbole d'extravagance bourgeoise. Et puis, sa valeur affective était trop importante pour être partagée avec les voisins. Il le gardait toujours avec lui, caché dans une petite sacoche noire.

Mais l'appareil devint bientôt aussi pesant qu'un éléphant blanc. Le salaire mensuel de Tong ne lui permettait pas de s'acheter plus d'une dizaine de pellicules, sans compter les développements et agrandissements en laboratoire. Par un heureux hasard, il découvrit dans le grenier un manuel de photographie jauni qui lui apprit comment transformer au besoin la mansarde en chambre noire.

Le procédé ne comportait que deux ou trois étapes, très simples : retirer l'échelle, boucher la trappe à l'aide d'un panneau coulissant, tirer un rideau foncé sur la fenêtre, et, le moment venu, changer l'ampoule électrique. Tong fit ainsi d'énormes économies. Quand il veillait tard, il dormait par terre pour éviter de réveiller sa mère en descendant.

Comme tous les jeunes, il se mit à avoir des aventures et tomba très amoureux d'une jolie fille appelée Lanlan qui habitait à quelques rues de chez lui, la cité du Jardin au Trésor.

Juqing était ravie. Depuis la mort de son mari, la seule chose qu'elle attendait dans le monde de la poussière rouge, disait-elle, était que Tong se marie et assure la descendance de la famille. Mais ça ne serait pas une mince affaire. La mère et le fils vivaient dans une seule pièce de douze mètres carrés – sans compter le grenier aménagé ; on n'y tenait pas debout sans se cogner aux poutres. Aucune jeune fille n'accepterait de retrouver son petit ami là, à portée d'oreille de sa future belle-mère. Pourtant Lanlan revint une deuxième fois, puis une troisième…

Comme il n'était pas question de roucouler sous les yeux de Juqing, les jeunes gens s'aventuraient dans les parcs qu'ils trouvaient bondés : chaque banc était occupé par au moins deux couples enlacés, et les patrouilles de brassards rouges tapies dans l'ombre se tenaient prêtes à bondir sur le moindre « suspect » abandonné au « mode de vie bourgeois ». À l'époque, un baiser ou une caresse hors mariage étaient considérés comme un crime.

En dernier recours, Tong se risqua à faire monter Lanlan en haut de l'échelle branlante du grenier.

Respectueuse de la tradition, Juqing ne voyait pas d'un très bon œil qu'ils restent tout seuls là-haut. En guise d'excuse, Tong expliqua qu'ils développaient des photos, ce qui était vrai, la plupart du temps. Mais ils faisaient aussi autre chose qu'il préférait ne pas raconter. Lanlan, comme toutes les filles de son âge, voulait voir sa jeunesse immortalisée, alors elle posait pour lui – dans des robes légères, des maillots de bain ou même son corps menu simplement enveloppé d'une serviette blanche.

« Preuves de jeunesse », murmurait-elle en laissant ses cheveux frôler la joue de Tong.

Des images précieuses en effet, car n'importe quel laboratoire d'État les aurait remises aux autorités en tant que « preuves de décadence ». Mais pour elle, cette transgression ne faisait que renforcer l'attrait de la chambre noire. Et quand elle fredonnait près de Tong la chanson, *La jeunesse est comme un oiseau, / elle se perche et s'envole*, la mansarde prenait des airs de paradis.

Un samedi après-midi de mai, Lanlan appela Tong depuis le téléphone public de la Poussière Rouge et laissa un message à un opérateur appelé Caixiang : « Je viens ce soir. Rideau rouge comme d'habitude. »

Dès qu'il le reçut, Tong s'attela aux préparatifs. Il fit l'acquisition d'un révélateur chez Guanlong Camera, dans la rue de Nankin, un produit bon marché qui offrait des résultats satisfaisants. Il s'arrêta ensuite chez Deda Café où il acheta un paquet de café noir moulu. Il n'en avait jamais bu, mais il avait entendu dire que c'était un stimulant puissant. Ils risquaient de veiller tard, le café insufflerait à la soirée les arômes romantiques de l'Occident.

Lanlan arriva après le dîner. Sans perdre de temps, ils montèrent au grenier. Une fois la lucarne masquée et la trappe bouchée, ils se sentirent en sécurité.

À cause de la chaleur, l'atmosphère devint vite étouffante. Tong suait à grosses gouttes et il se retrouva rapidement en débardeur et caleçon. Elle garda sa jupe, mais retira son chemisier pour ne garder qu'un caraco. Le temps file à toute allure par les nuits de printemps. Surtout dans une chambre noire, quand l'eau dégouline dans les bacs, que les épaules nues luisent dans l'ombre, que les mains se touchent face au rideau rougissant.

Malgré la promesse faite à Juqing de ne jamais dépasser certaines limites, Tong avait du mal à se contenir. Il sentait sans cesse la main de la jeune fille frôler la sienne sous le halo rouge de la lampe, elle caressait les images qui apparaissaient peu à peu dans les bains, preuves du miracle de leur passion, mais le charme fut soudain rompu par un vacarme venu d'en bas :

« Police ! Sécurité du quartier ! »

L'échelle rétractable tomba avec fracas et des hommes se précipitèrent au grenier. Il ne leur fallut pas longtemps pour mettre la petite pièce à sac, fouiller autour des deux amoureux stupéfaits, pelotonnés dans un coin. Tong récupéra vite son pantalon, mais Lanlan n'eut pas le temps d'enfiler son chemisier.

Une scène des plus suspectes s'offrait aux visiteurs : deux jeunes à moitié nus, le lit en désordre, une bassine en plastique posée dans la pénombre sur l'unique chaise de la pièce. Un membre de la sécurité du quartier trempa son doigt dans le liquide en s'interrogeant sur son usage. Un autre, surnommé Fang le Bossu, examina le café en reniflant comme un chien. Un vieux flic du quartier nommé Peng aperçut les clichés qui flottaient dans les bacs.

« Bon sang ! » s'exclama-t-il en levant les yeux vers l'ampoule rouge avant d'attraper une photo des deux amoureux qui s'embrassaient sur le Bund. Il regarda Fang en hochant la tête : « Ce n'est pas du tout ce que tu pensais. »

Quel que fût le sens de cette remarque, toute initiative prise au nom de la dictature du peuple était légitime. Un flagrant délit de tête-à-tête dans une mansarde était suffisamment compromettant. Malgré l'attirail appuyant la défense de Tong qui répétait qu'ils développaient des photos, Fang le Bossu éclata :

« Qu'est-ce que vous faisiez vraiment tous les deux là-haut, avec la fenêtre masquée, la lumière rouge clignotante, toi en caleçon et elle en débardeur ? Vous n'êtes pas encore mariés, si ? »

Ils tremblèrent devant l'accusation. À leur grand étonnement, Peng fit signe à Fang le Bossu et aux autres de partir, non sans avoir pris soin de glisser plusieurs photos encore humides dans un sac en plastique. Des preuves de leur crime, sans doute.

Abîmées, les images restantes semblaient fixer les deux amants. Exposées à la lumière, certaines étaient devenues totalement noires – comme l'avenir qui s'offrait désormais à eux. En pleine lutte des classes, une « tache noire » ne pouvait être effacée.

Pendant des jours, des semaines, les événements de cette soirée planèrent au-dessus de leurs têtes comme des épées prêtes à tomber. Ils étaient sûrs que leurs employeurs respectifs, prévenus de l'affaire, réfléchissaient avec la police à la punition adéquate.

À la taverne, la louche de vin jaune tremblait dans la main de Tong. Dans la cité, il fuyait les barbelés de conjectures qui l'encerclaient comme un rat. Quant à Lanlan, cible de tous les bavardages du voisinage, elle n'osa bientôt plus remettre les pieds à la Poussière Rouge.

Malgré la profusion de ragots et de fantasmes répandus par les témoins de la scène, nul ne pouvait dire ce qui s'était réellement passé dans le grenier. Mais le mal était fait, surtout pour la jeune fille. Dans son quartier, des récits fous jaillirent, pareils à d'incontrôlables herbes hautes semées par le vent.

Environ trois mois plus tard, les deux jeunes gens cédèrent à la pression de l'incertitude en soumettant une demande de mariage au bureau d'état civil du district. Par cet acte qui ferait d'eux un couple vertueux, ils mettraient fin à un suspense insoutenable. Si la demande était rejetée, cela voudrait dire que des ennuis les attendaient, mais au moins, ils ne se sentiraient plus suspendus dans les airs comme deux ballons abandonnés. À leur grande stupéfaction, on leur donna l'autorisation sans poser la moindre question. Le mariage fut annoncé, une surprise de plus parmi toutes les nouvelles surprenantes de la cité.

Il n'y eut pas de grande fête. Ils savaient que les voisins voyaient leur union comme un alibi. Lanlan emménagea chez Tong dans un concert de pétards qui dura moins de cinq minutes. Ironiquement, depuis que le gouvernement défendait le mode de vie prolétaire, une telle sobriété était politiquement correcte.

Juqing envoya un minuscule sachet de bonbons de mariage au camarade Jun, le chef du comité de quartier, qui l'accepta dans un large sourire. Encore un signe rassurant. Le soir, sur son lit, elle poussa un profond soupir de soulagement tout en écoutant grincer la mansarde où les deux jeunes mariés se tournaient et se retournaient en rythme, tels des galets que les vagues noires rejettent à chaque passage.

Pleine de reconnaissance envers Bouddha, Lanlan alluma révérencieusement un bouquet d'encens devant la statue de terre, déposa une assiette de fruits puis se prosterna pendant une bonne quinzaine de minutes.

Elle remplissait ses devoirs de belle-fille à la perfection. Non seulement elle acceptait de vivre dans le grenier avec Tong, mais elle vidait le pot de chambre chaque matin, allumait le feu du poêle à charbon de la cité et préparait le petit déjeuner dans la cuisine commune avec les autres épouses dévouées.

Malgré les rumeurs persistantes sur les circonstances troubles de leur union, il ne leur fallut pas longtemps pour s'adapter à leur nouvelle vie, semblable à celle des autres couples de la cité, n'était le rideau rouge qui parfois voilait la lucarne du grenier, comme un rappel de cette nuit mouvementée de mai… Mais, grâce à leur nouveau statut, les voisins estimaient désormais que le jeune couple avait bien le droit de décorer de couleurs vives la lucarne de leur piètre mansarde. Et le temps s'écoula au compte-gouttes, imperceptiblement, du robinet de l'évier commun, lavant lentement les traces des événements de cette nuit de printemps.

Ce n'est que des années plus tard, après la fin de la Révolution culturelle, après la naissance de leur fils, après la réforme économique de Deng Xiaoping, que de nouvelles révélations sur les événements refirent surface. Dans la nouvelle société, on reprocha à l'activiste Fang le Bossu son engouement « politiquement incorrect » pour la théorie des classes de Mao et le jugement sévère sur ses voisins qu'il n'avait cessé de considérer comme des ennemis de classe potentiels. Le comité de quartier publia une longue liste des torts qu'il avait commis durant toutes ces années. Parmi eux, l'incursion nocturne dans le grenier au rideau rouge.

D'après le nouveau policier du quartier, le camarade Tang, Fang le Bossu avait Tong en ligne de mire depuis longtemps – à cause de son passé familial, à cause de son caractère distant, à cause du mystérieux sac noir qu'il portait toujours sur l'épaule, à cause de la lumière rouge qui clignotait à sa fenêtre... Mais surtout, à cause du message de Lanlan transmis cet après-midi-là par le service téléphonique du quartier, un appel qui n'attendait pas de réponse, dont le contenu avait été crié haut et fort sous les fenêtres de Tong par l'opérateur Caixiang. Fang le Bossu, qui avait tout entendu, avait immédiatement sonné l'alerte. Comme il venait de voir un film dans lequel un agent secret du Kuomintang envoyait des signaux dans la nuit, il avait soupçonné Tong de vouloir saboter la révolution socialiste de la même façon, en adressant depuis sa fenêtre des signaux rouges à un autre agent secret tapi dans l'ombre. Induit en erreur par le « rideau rouge » du message téléphonique, il avait rapporté un crime qui n'était que le fruit de son imagination débordante.

Voilà pourquoi Peng, le vieux policier du quartier, avait dit : « Ce n'est pas ce que tu pensais. » D'ailleurs, le rouge ne venait même pas du rideau, mais de l'ampoule utilisée pour développer les photos. Une fois la faction redescendue, Fang avait refusé d'innocenter les deux jeunes et insisté pour pousser plus loin l'« action révolutionnaire ». Contre toute attente, sa proposition avait été rejetée par le camarade Jun qui avait plaidé la cause de Juqing : elle ne s'était jamais remariée et élevait seule son fils depuis la mort de son mari. « Pourquoi se montrer si dur envers une bonne voisine comme elle ? » Malgré les slogans sur la lutte des classes qui résonnaient dans la cité, l'argument avait du poids ; les habitants respectaient cette femme honnête.

Des années après cette fameuse nuit, lorsque le camarade Tang vint annoncer à Fang le Bossu qu'il était démis de ses fonctions à la sécurité du quartier, la cité fut déconcertée par la dureté de la décision qui ressemblait à un clou planté dans le cercueil du vieil activiste. Pourquoi maintenant, tout à coup ? Après tout, des millions de gens avaient agi comme Fang, fidèles à la théorie de la lutte des classes de Mao.

Bien plus tard, le camarade Tang élucida ce nouveau mystère. Dans le cadre de sa réforme, Deng Xiaoping avait exigé « un réexamen des affaires erronées de la Révolution culturelle ». Cette mission avait été confiée à Chen Cao, un trentenaire récemment titularisé au commissariat de Shanghai. Ayant entendu parler de l'histoire des « preuves de jeunesse » amassées derrière le rideau rouge, ce dernier avait ordonné qu'on prenne des mesures pour que la « tache politique » soit effacée des dossiers de Tong et Lanlan. Le camarade Tang s'était empressé d'obtempérer. On disait que Chen allait bientôt gravir les échelons du gouvernement municipal.

La puissante flotte ennemie

Chen ne se réjouissait guère de sa potentielle promotion au sein de la police. Il avait du mal à traduire mentalement le proverbe chinois : *La mante religieuse qui veut attraper la cigale ne voit pas l'oiseau jaune qui guette derrière, qui lui-même ne voit pas le dangereux lance-pierre dans la main du garçon*... Il commençait à comprendre qu'il n'était pas facile pour un flic de naviguer sur les eaux troubles de la nouvelle société. Peut-être aurait-il mieux fait de se consacrer à sa carrière littéraire…

Jiang Xi était une habitante ordinaire de la cité de la Poussière Rouge : professeure de lycée, femme de Yiqiang, technicien dans une usine d'État, mère de Kaikai, jeune collégien. Pendant des années, tous trois avaient vécu tassés dans une pièce de seize mètres carrés, divisée en deux par une étagère bricolée quand Kaikai avait grandi, mais ils ne se plaignaient jamais.

Vers la fin des années quatre-vingt, les voisins suivirent avec étonnement les améliorations du quotidien de la famille. Sur un marché du travail de plus en plus compétitif, une bonne formation universitaire pouvait faire toute la différence et les Shanghaiens se montraient prêts à dépenser des fortunes dans des cours préparatoires pour leurs enfants. Dans un *tingzijian*, petite pièce sous-louée à une voisine, Jiang se mit à dispenser des leçons privées, obtenant ainsi un second salaire, considérable d'après les calculs incessants des habitants de la cité.

Mais pour certains, politiquement parlant, cette pratique se trouvait en zone grise. Le cumul d'emplois n'était pas officiellement approuvé par les journaux du Parti et le mot « privé » avait encore une connotation négative. Les gens n'avaient pas eu le temps de s'habituer aux changements innombrables de la réforme de Deng Xiaoping. Les activistes du quartier, comme Vieux Fang le Bossu, restaient sur leurs gardes, prêts à tailler en pièces toute pratique capitaliste.

Un soir, à la consternation de tous, le camarade Tang Changguo, chef du commissariat de quartier, conduisit son fils Xiaojun dans le *tingzijian* où Jiang donnait ses cours. Un signe indéniable d'approbation de la pratique. Les activistes n'eurent plus aucune raison de pointer Jiang de leur doigt critique et de plus en plus d'étudiants vinrent remplir ses classes.

Kaikai, à qui elle n'avait plus beaucoup de temps à consacrer, fréquentait un collège moyen. Pour être sûr d'obtenir une place à l'université, il fallait absolument être issu des lycées « de première classe ». Et même si le garçon travaillait bien, dans une société régie par les relations matérialistes, ses parents ne pouvaient produire une « enveloppe rouge » suffisamment garnie pour lui assurer une place dans une école d'élite. Malgré les revenus supplémentaires de Jiang, ils devaient économiser le moindre sou pour pouvoir mettre de l'huile dans les rouages de l'avenir de Kaikai, ce que Yiqiang s'évertuait à expliquer à ses voisins.

Quelques mois après le début de ses leçons privées, le jeune Xiaojun passa haut la main un examen de fin de semestre, étape cruciale pour l'entrée à l'université. Pour fêter ce succès, son père invita Jiang et d'autres relations à dîner dans le salon privé du restaurant *Le Paradis du palais*. L'endroit était luxueux, équipé d'un écran géant, d'une armoire à vin et d'un téléphone.

« Croyez-le ou non, déclara jovialement le chef du commissariat de quartier, les mets les plus fins n'ont aucun goût. L'aileron de requin, le concombre de mer, les nids d'hirondelles, les pattes d'ours, la bosse de chameau, pour ne citer qu'eux. Le goût vient d'ailleurs, de l'essence même de la cuisine chinoise. Ce restaurant est connu pour ça. »

Tang semblait bien connaître tous ces plats hors de prix, remarqua Jiang en portant avec précaution un morceau de concombre de mer visqueux à sa bouche avant de déclarer en hochant la tête, sans trouver rien de particulier au goût : « Oui, c'est comme dans le Tao Te King : *L'être vient du non-être*.

– Exactement, et grâce à vous, Jiang, Xiaojun est devenu un être accompli. Santé ! »

Jiang se sentit à la fois flattée et perplexe. Personne n'avait jamais organisé un tel festin en son honneur.

« Mon fils a fait d'immenses progrès grâce à elle, répéta Tang avec emphase. Je vous assure, j'en ai eu pour mon argent. »

Il y avait dans le compliment une pointe de condescendance, mais il était destiné à attirer l'attention des autres convives. L'effet ne tarda pas à se faire sentir. L'un d'eux s'empressa de demander des renseignements à Jiang. Elle se mit à décrire son *tingzijian*, tandis que les plats exotiques se succédaient sur la table. Elle ne pouvait s'empêcher de s'interroger sur un tel déploiement d'abondance et son inquiétude grandit quand elle vit Tang poser cérémonieusement devant elle un bol d'aileron de requin.

La réussite de son fils à un examen de fin de semestre, bien qu'importante, ne suffisait pas à justifier la folle dépense du soir. La note pouvait facilement dépasser les mille yuans.

Pour ses cours, Tang payait le même tarif que les autres parents, mais en vérité, vu son influence dans le quartier, elle aurait accepté d'accueillir Xiaojun gratuitement. Si son titre n'était pas des plus prestigieux, il avait pleine autorité sur les habitants. On disait même qu'il empochait régulièrement des « enveloppes rouges ».

« L'aileron de requin est merveilleux. Ajoutez du vinaigre rouge, ça fait ressortir le goût, conseilla Tang avec enthousiasme.

– Je n'ai jamais goûté le vinaigre rouge, avoua Jiang timidement. Vous connaissez tant de choses, camarade Tang.

– Oh non, je ne suis pas un gourmet comme notre futur inspecteur principal Chen Cao. Lui en sait bien plus que moi. Et pas seulement dans le domaine de la gastronomie. C'est un homme d'une érudition et d'un talent rares. Après un début de carrière si prometteur, il ira loin », ajouta Tang en lançant à Jiang un sourire complice, comme si elle savait de quoi il parlait. « Très loin. »

Elle acquiesça machinalement, tout en essayant de situer celui dont il parlait. Qui était ce Chen qui s'offrait des dîners encore plus fastueux que ceux de Tang ?

Un jeune serveur apporta alors un gros gâteau qui proclamait en couleurs vives : *Bonne fête des professeurs !* Il avait donc été préparé spécialement pour elle. La sincérité de Tang ne faisait aucun doute. Pourtant, la fête des professeurs était passée depuis déjà deux semaines. Jiang était de plus en plus perplexe.

« L'inspecteur principal Chen est plein de respect pour ses professeurs, n'est-ce pas ? déclara Tang en souriant encore.

– L'inspecteur principal Chen ? » Elle répéta le nom en sondant les recoins de sa mémoire. Tang devait avoir une bonne raison d'insister.

« Il vous a rendu visite il y a quelques mois. Le même jour, il est passé dans mon bureau. Il m'a parlé longuement de votre enseignement pendant la Révolution culturelle et de sa gratitude envers vous.

– Chen... Oh, Chen Cao ! Je me souviens maintenant ! C'était un bon élève. »

En réalité, elle se le rappelait à peine. Ce ne devait pas être un élève turbulent, ni un petit Garde rouge fanatique. Il ne sortait pas du lot.

« Vous lui avez donné la meilleure note en composition – une dissertation sur un poème de Mao, je crois. Il m'a expliqué que vous poussiez vos élèves à réfléchir, même pendant cette époque désastreuse, oui, c'est bien ce qu'il a dit.

– C'est vrai, on devait apprendre par cœur tous les poèmes de Mao, pour affirmer notre loyauté. On n'avait pas le choix », intervint un des convives en secouant la tête avant de se servir un gros morceau de patte d'ours braisée qui paraissait incroyablement gras.

Jiang s'efforçait de raviver ses souvenirs, mais son esprit restait désespérément vide. Même cette visite de Chen, aussi récente fût-elle, restait floue. Pour se rafraîchir la mémoire, elle but une gorgée d'eau glacée.

Une visite à l'improviste, se rappela-t-elle subitement, pour exprimer sa reconnaissance. Il avait grandi dans le quartier, il savait qu'elle habitait la cité de la

Poussière Rouge. Chen semblait d'ailleurs connaître d'autres habitants de la ruelle. Parmi eux, monsieur Ma, un ancien libraire, arrêté à cause d'un « livre noir », devenu médecin traditionnel grâce à un manuel d'herboristerie trouvé en prison[1]. Il lui avait aussi parlé d'une femme nommée Ming qui avait migré aux États-Unis après avoir épousé un homme plus âgé, et de Tong et sa femme, qui prenaient un nouveau départ…

À présent, Jiang se demandait si Chen n'était pas venu pour glaner discrètement des informations. N'était-ce pas une pratique courante chez les policiers ? Cela expliquait aussi qu'il n'ait pas pris la peine de lui révéler la nature de ses fonctions.

« Vos encouragements ont été très précieux pour lui à l'époque, reprit Tang avant de se tourner vers les invités en levant son verre. Trinquons ! Aujourd'hui, la tendance veut qu'on accompagne la cuisine chinoise de vin français. C'est un bordeaux très onéreux, il met parfaitement en valeur la bosse de chameau. »

Dans la lumière qui filtrait par les fenêtres, le vin rouge sang scintillait dans les verres. Soudain, le passé resurgit.

« En effet… J'avais demandé à mes élèves d'écrire une dissertation sur un poème *ci* de Mao : *Monts bleutés semblables à l'océan/Soleil couchant pareil à du sang.* »

Des bribes de souvenirs lui revenaient en désordre. Dans son devoir, un des élèves avait évoqué l'influence possible d'un poème *ci* de Li Bai, de la dynastie des Tang, qui s'achevait par les vers : *Le vent d'Ouest s'abat et le soleil décline/Au-dessus des tombes royales et des collines.* La comparaison était audacieuse, mais l'argu-

1. Voir *La Bonne Fortune de monsieur Ma*, Liana Levi, 2011.

mentaire convaincant. L'élève à qui elle avait mis un A+ était le fameux Chen.

« Vous parlez de la dissertation de Chen ? » s'enquit Tang en laissant échapper un morceau de bœuf à la sauce d'huître.

Autour de la table, les invités échangeaient des regards confus. Ce n'était pas vraiment une bonne idée d'évoquer le passé. De plus en plus gênée, elle murmura une réponse inaudible en mastiquant un ormeau qui lui servit d'excuse pour arrêter de parler.

D'autres plats raffinés arrivèrent sur la table. Tang, qui continuait à siroter son vin rouge, relança la conversation sur Chen.

« L'inspecteur principal m'a parlé des difficultés rencontrées par les intellectuels comme vous. Il a même cité une nouvelle maxime : *Celui qui fabrique des bombes atomiques gagne moins que celui qui vend des œufs aux feuilles de thé*. Il trouve tout cela injuste. Il ne voit pas quel mal il y a à aider des jeunes pendant son temps libre tout en gagnant un peu d'argent au passage. Je ne peux qu'être d'accord avec lui. Beaucoup de choses vont changer avec la réforme. »

Tout à coup, Jiang comprit que la visite de Chen avait convaincu Tang d'inscrire son fils à ses cours. Heureusement qu'elle n'avait pas avoué qu'elle se souvenait à peine de lui.

Étrangement, elle restait convaincue que le policier s'était servi d'elle comme prétexte pour mener des recherches liées à une enquête.

Ce qui expliquait la curiosité de Tang. Il n'espérait pas seulement gagner grâce à elle les faveurs de Chen, il craignait probablement des représailles pour des arrestations ou des sentences injustes prononcées contre les habitants du quartier. Mais la plupart avaient été appréhendés avant la nomination de Tang. Et autant qu'elle se souvienne, Chen ne lui avait pas posé de questions sur lui.

Elle resta immobile à la table, mangeant sans plaisir, continuant à boire de l'eau glacée pour garder les idées claires et mâchant ses mots comme dans le « Festin de Hongmen », un épisode historique cité communément pour décrire un rendez-vous culinaire périlleux.

Quand arriva le dernier plat de soupe de riz gluant aux perles du Japon, Tang demanda l'addition. La note en main, le visage aussi rouge qu'une crête de coq, il se leva et se dirigea vers le téléphone mural. Dès que son interlocuteur eut décroché, il prit un air mystérieux et mit le haut-parleur :

« Alors, Petit Hui ? Vous avez chopé des gars dans les salons privés ce soir ?

– Quelques-uns au *Paradis du pied de la Poussière Rouge*, chef, répondit le dénommé Petit Hui.

– Super, ricana Tang en tapotant le téléphone du bout du doigt. Je suis au *Paradis du palais*. Envoies-en-moi un gros. Un bien gros. »

Jiang avait entendu parler du salon de lavage de pieds, et des services proposés dans les fameux « salons privés ». Dans le socialisme à la chinoise, la prostitution n'était pas officiellement autorisée, ni même reconnue, mais sous couvert d'un salon de coiffure ou de massage, d'un club de karaoké, d'un paradis du pied ou autre commerce, l'industrie du sexe se développait à toute allure. C'était un secret de Polichinelle. Dans une optique propagandiste, la police aimait afficher ses victoires contre ces « pratiques indécentes ». Ce soir-là, pendant qu'il festoyait au restaurant, Tang dirigeait à distance une descente de police, comme le général de la période des Trois Royaumes célébré dans le poème de

Su Dongpo : *Pendant que les rires et discours battent leur plein, la puissante flotte ennemie est partie/en fumée et en cendres.*

Mais pourquoi voulait-il qu'on lui envoie un gros poisson au restaurant ?

Moins de vingt minutes plus tard, la porte de la salle de banquet s'ouvrit sur un homme d'une cinquantaine d'années, aussi maigre qu'une tige de bambou, portant des lunettes aux montures dorées, une veste en laine grise et un pantalon de costume. Il ressemblait à un intellectuel penaud, avec en plus un bouton manquant et un énorme bleu sur la joue gauche. Il murmurait des paroles inaudibles tandis que Petit Hui le tenait par le col.

Son verre à la main, Tang se leva à nouveau, tendit l'addition au malheureux et déclara dans un grand sourire : « C'est ton jour de chance, espèce de vieux dépravé. Tu as ta carte bleue ? »

L'homme prit l'addition d'une main tremblante, fouilla dans la poche de sa veste et, changeant brusquement d'avis, se tourna vers le téléphone mural.

« C'est moi, Liu, du lycée Gezhi. Je suis avec des amis au *Paradis du palais*, mais j'ai oublié ma carte bleue. Dépêche-toi de m'apporter la tienne et l'acceptation de ton fils au lycée est garantie. »

Il ne fallut que quelques secondes aux convives pour comprendre que le « vieux dépravé » devait être un directeur de lycée, juge des admissions et des transferts d'étudiants, sources d'inquiétudes perpétuelles des parents.

Tang retourna vers la table, leva son verre et après un rot sonore lança : « Cul sec ! »

Au milieu d'une nouvelle bouteille de merlot, les invités entendirent un coup timide à la porte.

Jiang leva la tête et regarda bouche bée un homme tendre un sac volumineux au « vieux dépravé » immobile comme une tige de bambou brisée.

Quand elle reconnut le visiteur, elle eut l'impression de recevoir une bassine de glaçons sur la tête. Le nouvel arrivant n'était autre que son époux, Yiqiang ; l'inconnu était le proviseur du prestigieux lycée où leur fils Kaikai postulait.

« Désolé, nous n'avons pas de carte bleue, s'excusa nerveusement Yiqiang sans lever les yeux vers l'assemblée. Voilà quinze mille yuans en liquide – toutes nos économies.

– Un merveilleux dîner, conclut Tang sans reconnaître celui qui tendait le sac plein d'argent. Santé ! »

Fragment autobiographique

Voilà que, comme l'inspecteur Chen, mes pas m'entraînent vers la cité de la Poussière Rouge, rare vestige du Shanghai d'autrefois.

En narratologie, on parle de « narrateur incertain » ou « narrateur peu fiable » quand ses intérêts participent à l'action. En général, il s'agit d'un personnage de l'histoire, mais cela peut aussi s'appliquer à l'auteur du livre. Par exemple, quand j'écrivais en Chine j'étais écrasé par la perspective de la censure, alors que je n'ai pas à m'en soucier aux États-Unis. Mais ce que je vais vous raconter ce soir a trait à tout autre chose.

Ici, devant la cité, je quitte ma fonction d'auteur pour redevenir un homme ordinaire qui vient partager une histoire personnelle. Si elle vous plaît, tant mieux, si vous n'êtes pas intéressé, vous pouvez partir quand bon vous semble.

Je dois avouer que cette histoire vraie me hante depuis des années. Ne me demandez pas pourquoi, je ne me l'explique pas moi-même. La raconter m'aidera peut-être à y voir plus clair, du moins je l'espère.

Lu Tonghao, un ami surnommé le Chinois d'outre-mer, habitait dans un grenier de la rue Chenzhe, près de la rue de Chengdu, à deux pas d'ici, et dormait souvent chez sa sœur dans la cité de Baokang, au coin de la rue Ninghai et de la rue du Shandong, tout près aussi.

En 1966, mon entrée au collège a coïncidé avec le début de la Révolution culturelle. Mon père fut taxé de « capitaliste » et de « monstre noir ». Une ombre commença à planer au-dessus de toute notre famille. Moi, je me débattais pour ne pas sombrer sous les vagues de slogans révolutionnaires qui martelaient à mes oreilles : *Tel père, tel fils, le rat noir engendre le rat noir*. Habité par un puissant complexe d'infériorité, je me sentais alors aussi minable qu'un œuf pourri.

Au son des slogans, j'entrai au collège du Grand Bond en Avant, dans la rue du Sichuan. À l'époque, les jeunes du quartier fréquentaient tous la même école. Lu devint donc mon camarade de classe, puis mon ami.

Notre rapprochement n'avait rien d'étonnant. Avant 1949, mon père avait dirigé une parfumerie et son père, un magasin de fourrure. Pendant l'été 1966, en pleine campagne d'éradication des « Quatre Vieilleries », sa maison et la mienne furent saccagées et pillées par les Gardes rouges. À l'école, nous étions tous les deux victimes de la discrimination envers les « chiots noirs ». Comme on dit, qui se ressemble, s'assemble.

Mais tandis que je baissais humblement les yeux, Lu, au contraire, gardait la tête haute, les cheveux lustrés, brillants de gel. Le « chiot noir » remuait la queue avec défi. Loin d'avoir honte, il se disait fier d'appartenir à une aussi « bonne famille » et clamait partout que son père, « Ludwig », était le « roi de la fourrure de renard blanc ». De mon côté, je n'aurais jamais osé me vanter d'avoir pour père le « meilleur nez » de la ville, titre mérité eu égard à son aptitude à évaluer la qualité d'un parfum. De plus, Lu parvenait à entretenir son « goût bourgeois décadent » : il buvait du café, se régalait de salade de fruits et portait une veste à l'occidentale tirée d'un costume trois pièces de son père. Il n'hésitait d'ailleurs pas à rappeler à tous que le tissu avait été importé d'Italie.

Tous ces traits de caractère lui valurent le surnom de « Chinois d'outre-mer », une appellation clairement négative à l'époque, désignant une personne peu patriote, tournée vers l'étranger, adepte d'un mode de vie capitaliste.

Un incident contribua à répandre ce surnom dans l'école où notre principale lecture était alors *Les Citations du président Mao*, la plupart des autres livres étant jugés politiquement incorrects. Par exemple, Guo Moruo, grand intellectuel de l'époque, déclara que tous ses ouvrages écrits avant la Révolution culturelle étaient toxiques, sans parler de ceux des autres écrivains. Des millions de livres furent brûlés en public, les bibliothèques furent fermées et les librairies n'eurent plus en rayon que les textes de Mao. Mais les jeunes comme nous étaient forcément curieux de découvrir ces « livres toxiques ». Nous étions prêts à nous les procurer par tous les moyens et les lisions en secret, parfois dissimulés sous la couverture rouge des citations de Mao.

Au début de ma deuxième année de collège, je réussis, grâce à mon cousin, à dégoter une traduction des *Temps difficiles* de Dickens. Après l'avoir dévorée en une nuit, je la confiai à Lu qui promit de me la rendre un jour plus tard. Le lendemain, il ne vint pas en classe. Le camarade Zhang, membre de l'équipe de propagande de la pensée de Mao, alla le soir chez lui à l'improviste et le surprit en train de dormir à côté du livre ouvert. Il le somma sur le champ de reconnaître sa culpabilité et d'expliquer comment il avait eu ce livre.

Encore une fois, Lu prouva son originalité en improvisant une excuse : « Oh, je l'ai trouvé ce matin dans un vieux carton au centre de recyclage du quartier. En parcourant la préface, je suis tombé sur une citation de Karl Marx qui dit que Dickens "livre plus de vérités politiques et sociales que tous les politiciens, journalistes et moralistes pris ensemble". Alors je me suis dit que j'avais intérêt à le lire. »

Dans les ouvrages des années cinquante et soixante, la note du traducteur était un incontournable – le format, invariable, consistait en une analyse de la narration et des aspects idéologiques du texte, avec toujours une citation plus ou moins appropriée de Marx ou de Lénine à l'appui. En Chine, une telle justification politique était indispensable à toute publication. Le camarade Zhang lut donc le paragraphe indiqué plusieurs fois sans rien trouver à répondre.

« Il y avait d'autres exemplaires au centre de recyclage, reprit Lu. Si vous vous dépêchez, vous les trouverez peut-être.

– Mais ce n'est pas un roman pour toi, incorrigible Chinois d'outre-mer », rétorqua Zhang qui avait eu vent de son surnom.

Les Temps difficiles fut confisqué mais Lu ne fut pas inquiété.

Il m'avait sauvé la peau. Quand je lui exprimai ma gratitude, il refusa de s'attribuer le moindre mérite.

« Si j'avais raconté la vérité, ç'aurait été une catastrophe pour tout le monde. J'ai entendu parler d'un élève d'une autre école qui a été pris dans le même genre de situation. Il a été enfermé pendant des semaines sous prétexte qu'il dirigeait un réseau clandestin d'échange de livres occidentaux. »

En plus du *Petit Livre rouge*, nous devions étudier les préceptes soi-disant nouveaux et essentiels de Mao, soit tout ce que le président avait dit pendant la Révolution culturelle. Peu de temps après l'incident des *Temps difficiles*, Mao lança une campagne nationale de rééducation en affirmant qu'il était absolument essentiel « que les jeunes instruits aillent à la campagne recevoir une éducation des paysans pauvres et moyen-pauvres ». C'est ainsi que dans un tonnerre joyeux de cris, de tambours et de gongs, des vagues de « jeunes instruits » quittèrent la ville pour être rééduqués loin des villes. Un an avant notre diplôme, nous nous retrouvâmes donc en rang dans la rue à crier des slogans pour accompagner le départ des bus aux toits couverts de fleurs rouges, ou massés dans des halls de gare pour saluer les trains qui disparaissaient à l'horizon.

Encore une fois, Lu avait sa propre interprétation. « Les jeunes instruits… pestait-il en jetant des cailloux sur les rails. Quelle bonne blague ! On n'a rien appris à l'école. Que veux-tu que les paysans nous apprennent ? »

Si quelqu'un rapportait une telle déclaration, il risquait d'avoir de sérieux ennuis. Mao avait toujours raison. Personne ne devait remettre en question ses propos. Ce n'est que des années plus tard, quand la Révolution culturelle fut officiellement qualifiée d'« erreur bien intentionnée », qu'il fut admis qu'après s'être servi des Gardes rouges pour prendre le pouvoir au milieu des années soixante, Mao avait lancé cette campagne pour se débarrasser d'eux et renforcer son pouvoir.

Un après-midi, alors que nous venions d'assister au départ d'un nouveau train vers l'horizon lugubre, je restai silencieux. Bientôt, nous aussi partirions sur leurs traces. Alors que nous nous traînions hors de la gare soudain déserte, Lu murmura :

« Allons manger.

– Quoi ?!

– Combien de temps crois-tu que nous allons encore profiter des délices de Shanghai ? »

Il n'eut pas besoin d'insister. Dans les villages pauvres et reculés, on disait que les jeunes subsistaient à peine. Tongqing, son frère aîné, racontait qu'en un an passé dans la province de l'Anhui, il n'avait gagné qu'un tas de patates douces desséchées.

J'acquiesçai en me rappelant les deux vers – *Chanter autour de verres et de plats... / combien de fois dans une vie ?* – que Cao Cao, un politicien de la dynastie des Han, avait écrit des milliers d'années plus tôt. Ironiquement, je les tenais du méchant Japonais de *La Légende de la lanterne rouge*, un opéra modèle de la Révolution culturelle, une des rares pièces réformistes à être montrées au public.

Les jours qui suivirent, n'ayant que peu d'argent en poche, nous nous contentâmes de scruter les vieilles devantures des restaurants. Nous imaginions les plats, évoquions des souvenirs d'avant la Révolution et parfois entrions dans un établissement bon marché. Là encore, Lu se lançait dans de grandes tirades critiques sur la nourriture et le bon vieux temps. Il insistait pour retrouver les noms initiaux des commerces. Par exemple, une boulangerie de style occidental de la rue de Nankin s'appelait désormais *Travailleurs, Fermiers et Soldats*. Il se plongea alors dans une rêverie sur le nom allemand d'avant la Révolution, *Kaisiling*, comme si ce mot suffisait à lui seul à sublimer les produits. En attendant, le gâteau à la crème que nous partageâmes ce jour-là était extraordinaire.

« Le nom est essentiel. Pense à Confucius : *On ne peut rien faire, ni rien être, sans le nom juste*, insista Lu avec emphase. Le président Mao a dit : *Venant de boire l'eau du Yangzi,/Je mange le poisson du Wuchang.* Et il n'a pas tort, le poisson du Wuchang est vraiment le plus tendre. »

Quelques semaines plus tard, avec Tang Deqiang, un autre camarade du collège, nous partîmes vers le Bazar du temple du dieu protecteur de la ville dans une ambitieuse campagne de « balayage gastronomique » de toutes les tavernes du coin. Suivant une tactique longtemps débattue, nous avions prévu d'acheter un échantillon de tout pour goûter chaque spécialité : soupe au sang de poulet et canard, gâteau de radis, raviolis aux crevettes et à la viande, soupe de nouilles au bœuf, soupe aux raviolis de Nanyang, fromage de soja frit aux vermicelles… À mi-parcours cependant, notre pécule commun étant épuisé, nous dûmes déclarer forfait. Je ne sus jamais pourquoi Tang refusa par la suite de nous fréquenter, mais cet échec du marché du temple n'a jamais quitté ma mémoire.

Bientôt, comme prévu, notre tour arriva de partir pour la campagne. Malgré ses protestations en privé, Lu était obligé de rejoindre son frère dans l'Anhui. Vous pourriez vous dire que s'il n'avait pas envie d'y aller, il n'avait qu'à refuser et rester à Shanghai, mais à l'époque, les choses n'étaient pas si simples. De plus, Vieux Fang le Bossu, un activiste du comité de quartier, menait deux ou trois fois par jour l'équipe de propagande crier des slogans au haut-parleur sous les fenêtres de Lu, dans un vacarme de tambours et de gongs à faire frémir le cœur.

« Lu, comment oses-tu rester en ville ? Tu renies la grande stratégie du président Mao ! Tu es un jeune homme éducable, tu ne dois pas suivre les traces de ta famille, tu peux choisir ta propre route dans la Chine socialiste. »

« Éducable » était une autre épithète employée pour qualifier les « chiots noirs » comme Lu et moi, qui, malgré le passé honteux de leur famille, pouvaient encore être éduqués. Pour nous, la pression était énorme.

Par chance ou malchance, une crise de bronchite aiguë me permit de rester en ville, mais une fois guéri, je devrais rejoindre les autres. J'étais un « jeune en attente de mission », un autre terme nouvellement inventé pour désigner tous ceux qui restaient sur le carreau.

Ce fut le début d'une longue période pénible pour moi. Sans école, sans travail, mes camarades et mes amis partis, je ne savais que faire seul en ville, sans la moindre lumière au bout du tunnel de l'attente.

Moins de deux mois plus tard, Lu revint, bronzé, mince, mais par ailleurs inchangé.

« C'est tellement absurde, gronda-t-il en m'apportant un sac de cacahuètes de l'Anhui. Pour un an de labeur acharné à se briser le dos dans les champs, Tongqing ne gagne que deux sacs de patates douces séchées. Comment peut-on survivre avec ça ? Là-bas, les jeunes instruits ont le ventre qui gargouille. Ils survivent uniquement grâce aux colis et à l'argent qu'ils reçoivent de Shanghai. »

La plainte fut exprimée à voix basse. Comme son frère était encore sur place, et dans les petits papiers du secrétaire du Parti du village, Lu n'avait eu aucun mal à revenir discrètement à Shanghai où il aidait sa sœur et me rendait souvent visite. Il emmenait parfois son neveu Luyi – que Lu aimait prononcer « Louis » avec une pointe d'accent étranger. Bébé docile, le petit Louis jouait de son côté dans un monde imaginaire pendant que nous bavardions.

Comme à l'époque du collège, le sujet favori de Lu était la gastronomie, les plats succulents rêvés ou dégustés, toujours plus sophistiqués, comme l'incroyable « tête de Bouddha », un moineau fourré à l'intérieur d'une caille à l'intérieur d'un pigeon à l'intérieur d'une courge cireuse, ou encore le « poisson aux yeux exorbités », une carpe cuite une seconde au wok avec un glaçon dans la bouche, servie avec les yeux qui roulent encore dans leurs orbites, les différentes variantes du « dragon combattant le tigre », avec anguille de rizière ou serpent, en passant par le chat ou le chien… La Chine et ses huit traditions culinaires offraient un vaste choix de sujets pour les conférences de Lu, bien qu'il n'eût sûrement jamais goûté tous ces plats extraordinaires et se contentât de répéter ce qu'il avait entendu. Cela m'était bien égal. Ma convalescence ressemblait à un long tunnel tendu vers l'infini et je m'estimais heureux de recevoir régulièrement sa visite.

Pour lui, ces moments devaient représenter un changement de décor salutaire, loin de la cage à poules du grenier où il dormait avec ses parents. Sa famille avait été chassée d'un appartement au début de la Révolution culturelle et répartie dans deux habitations : un grenier dans la rue de Yan'an pour ses parents et l'aile d'une maison de la cité de Baokang pour sa sœur.

Quand j'allais chez lui, je criais son nom au pied des escaliers sombres et branlants pour m'assurer qu'il était là avant d'entreprendre l'ascension. Dans la mansarde où une alcôve creusée dans le mur l'accueillait la nuit, il paraissait honteux de ne pas pouvoir m'offrir un endroit où m'asseoir. Le plus souvent, c'était donc lui qui venait chez moi.

Mes parents ne savaient trop que penser de ces visites – parfois deux ou trois par semaine. D'un côté, ils mesuraient l'importance que revêtait pour moi cette amitié, d'un autre, ils étaient gênés par les discours de Lu, surtout ses tirades sur la gloire perdue du « bon vieux temps ». Leur inquiétude redoubla quand ils découvrirent la principale raison de sa présence.

C'était pour échanger des livres, activité occasionnelle au collège, devenue avec le temps plus régulière jusqu'à se transformer en opération de grande envergure. À partir d'un stock de quatre ou cinq « mauvais livres », Lu s'était lancé dans un commerce frénétique d'emprunt et de prêt. Je l'imitai à l'aide d'un Balzac, de deux Dickens et d'un Goethe. Mais pour les jeunes désœuvrés comme nous, ces sept ou huit livres étaient loin de suffire à remplir une journée.

Nous devions nous développer. En dépit des slogans rouges qui faisaient trembler le ciel de la Révolution culturelle, certaines familles shanghaiennes gardaient secrètement des « livres noirs » qu'elles faisaient parfois circuler en douce. Les librairies étant hors circuit, les gens échangeaient les volumes entre eux selon des règles et des principes bien établis et bientôt, nous fîmes partie du cercle.

« Ces livres sont notre capital et nous devons le faire fructifier, m'expliquait Lu. Accélérer la cadence. Par exemple, mon *Hamlet* de Shakespeare contre le *Bel ami* de Maupassant que Qingguan, mon copain du district de Hongkou, m'a passé pour une semaine. Pas un jour de plus. »

Là était la ruse. Lu devait lire *Bel ami* en une nuit pour me le passer le jour suivant. Mais ce n'était pas tout. Nous l'échangions ensuite contre d'autres livres au sein de nos cercles respectifs, en nous assurant qu'il serait rendu à

Qingguan au bout d'une semaine. Le pari était risqué et nous obligeait à tisser un réseau secret de personnes fiables. Le moindre dérapage pouvait ébranler tout l'édifice. En gros, chaque livre devait être exploité au maximum de ses capacités. En une semaine, passer entre quatre ou cinq paires de mains, contre un Balzac, un Thomas Mann, un Hemingway… D'où les visites fréquentes de Lu.

Son cercle était composé de lecteurs de même origine sociale que lui. De mon côté, je développai des liens plus variés. J'obtins ainsi *Le Comte de Monte-Cristo* de la fille d'un cadre du Parti. Le livre était redevenu accessible grâce à madame Mao qui, s'étant vengée comme le héros, avait déclaré qu'il s'agissait d'un chef-d'œuvre, à la suite de quoi l'ouvrage avait été réimprimé et offert aux cadres éminents du Parti. Ces derniers ne s'intéressaient pas forcément aux romans, ni leurs enfants, qui pouvaient choisir de les prêter à d'autres.

Je me débrouillai pour que Lu puisse garder les quatre volumes de Dumas pendant deux jours. Les yeux rouges, il me les rendit en disant : « Je suis obligé de lire la nuit. Comme elle travaille le soir, ma sœur lit la journée. »

Nous inventâmes aussi des techniques pour les transports. Je glissais des exemplaires sous l'aisselle dans ma manche de veste ; Lu les cachait dans le sac de son neveu en prenant soin de laisser dépasser le biberon. Personne ne se doutait de rien.

Une fois, il fit accidentellement tomber un *Othello* de son sac en présence de mes parents qui échangèrent des regards inquiets. Shakespeare avait beau être approuvé par Marx, il pouvait nous attirer des ennuis. Ce soir-là, l'oreille collée à la cloison, je les entendis décréter que Lu n'était plus le bienvenu chez nous.

Mais un nouvel événement empêcha la mise en application de leur décision. En congé maladie prolongé, ma mère recevait un « salaire hors système », mais elle n'eut bientôt plus le courage d'aller à l'usine de dentifrice récupérer son argent. Non seulement la somme était largement inférieure au salaire mensuel d'un travailleur ordinaire, mais l'appellation « hors système » renforçait son statut de paria. Humiliée, elle ne supportait plus de signer le registre, la tête baissée devant ses anciens collègues. La somme, quoique faible, était vitale pour notre famille depuis que mon père ne touchait plus aucun salaire. Elle me demanda d'aller collecter la mensualité à sa place. Après tout, à l'usine de dentifrice, personne ne me connaissait. J'hésitais.

« Moi ça fait longtemps que je le fais pour mon père, me confia Lu. Ça ne prend que deux ou trois minutes. Il suffit de montrer la carte de ta mère, de signer le formulaire et de récupérer l'argent. Personne ne t'adressera la parole. T'en fais pas, si tu veux, je t'accompagne. »

L'usine de dentifrice était assez loin. Il fallait prendre un bus, puis un trolley. Consciente de l'effort qu'elle exigeait de moi, ma mère me tendit cinquante fens pour le trajet, largement assez pour Lu et moi. C'était rassurant de savoir qu'il m'accompagnait, disait-elle.

La mission ne s'avéra pas si terrible. Dans une guitoune près de l'entrée de l'usine, une comptable aux cheveux gris me toisa tandis que je marmonnais : « Ma mère est malade. » Elle me tendit alors une enveloppe usée contenant le salaire « hors système ». C'était tout.

Alors que nous nous dirigions vers la sortie, Lu déclara : « Tu as entendu parler des pickpockets cachés dans les bus bondés ?

– Oui ?

– On ferait mieux de rentrer à pied. »

J'acquiesçai en songeant à l'enveloppe rangée dans ma poche. En chemin, Lu étala ses connaissances sur les délicieux restaurants bon marché disséminés dans toute la ville. Il avait l'esprit pratique. Il savait où acheter une portion de petits pains frits à dix fens près de la rue du Huanghe, un bol de congee au poulet trois jaunes à seulement trois fens dans la rue du Yunnan et un gâteau de riz gluant doré à cinq fens un peu plus à l'est…

À partir de ce jour, mes parents ne parlèrent plus de bannir Lu de notre foyer. Un soir, je les entendis même déclarer qu'après tout, puisque je n'avais rien à faire, la lecture n'était pas un si mauvais passe-temps.

Le mois suivant, Lu et moi économisâmes encore un peu d'argent en faisant l'aller-retour à pied. Il suggéra même un itinéraire alternatif comportant plusieurs étapes gourmandes financièrement accessibles.

« Je connais un endroit qui sert des super petits pains frits farcis au porc, les meilleurs de la ville, expliqua-t-il avec euphorie. Rujia, de retour de Hong-Kong, s'est précipitée là-bas le lendemain de son arrivée. Elle dit que la soupe à l'intérieur est incroyable. »

Je ne savais presque rien de Rujia, sauf qu'il s'agissait d'une amie de Lu vivant depuis plusieurs années à Hong-Kong. Apparemment son séjour à l'étranger suffisait à faire d'elle une critique gastronomique hors pair.

Le restaurant était tapi au fond d'une ruelle derrière le cinéma *La Nouvelle Chine*. Une longue file de « gourmets économes » attendaient dehors, tremblants dans le vent d'hiver, le nez plein de l'odeur enivrante des oignons et du sésame blanc qui recouvraient les minuscules pains, les oreilles tendues vers le grésillement impatient de la grande poêle en fonte dans laquelle le cuisinier jetait régulièrement un verre d'eau. Dans un climat de propagande sur le labeur et la vie simple, les

Shanghaiens parvenaient encore à profiter des bonnes choses tout en restant politiquement corrects. Après tout, ils ne trahissaient pas l'esprit prolétaire en dépensant dix fens pour quatre petits pains.

« Ça vaut la peine d'attendre », déclara Lu. Tout en se frottant les mains, il commença à m'expliquer le secret de la soupe miraculeuse qui garnissait les petits pains.

« Il faut faire bouillir la peau du porc pendant des heures, parfois toute une nuit, jusqu'à obtenir une sorte de gelée que l'on mélange à la farce. Quand on fait frire le petit pain au wok, la gelée se transforme en soupe. Et tu sais quoi ? Quand Charlie Chaplin est venu en Chine dans les années trente, il a été tellement épaté quand la soupe a giclé du pain qu'il en a dévoré trois à la suite. »

Je me demandais si l'histoire était vraie. Quand notre tour arriva enfin, je m'empressai d'engloutir un petit pain brûlant et croustillant. La soupe répandit sur mon palais une sensation délicieuse et m'offrit un souvenir mémorable de la Révolution culturelle ainsi qu'une série de cloques qui mirent plusieurs jours à disparaître de ma bouche.

« Allons à l'*Hôtel du Parc* aujourd'hui, proposa une autre fois Lu. Dans le hall, il y a un comptoir qui vend encore des pâtisseries françaises. C'est moi qui régale.

– L'*Hôtel du Parc* ?

– Maintenant, ça s'appelle l'*Hôtel International*, mais ça n'a pas de sens. Leur boulanger est extraordinaire, je t'assure, il a travaillé à Londres. »

À l'époque, l'hôtel qui surplombait le jardin du Peuple était le plus haut bâtiment de la ville. Je n'y étais jamais entré, mais Lu se comportait comme s'il était chez lui. En sifflotant, il jeta son dévolu sur une grande miche de pain français et une bouteille contenant un liquide marron appelé *shashi*.

« Ça a presque le même goût que le Coca », dit-il en remplissant mon verre avant d'en boire une longue gorgée. Le Coca était une merveille exotique prohibée. Son existence ne nous était connue que grâce au miracle de sa traduction chinoise, *kekokele*, qui, tout en étant phonétiquement proche de l'original, signifie « délicieux et délectable ». Le *shashi*, quant à lui, avait un goût de sirop contre la toux. J'eus du mal à l'avaler.

Nous n'allions pas souvent dans des établissements aussi prestigieux que l'*Hôtel du Parc*. Mais peu à peu, au lieu d'acheter des plats à emporter dans la rue, nous nous mîmes à économiser de quoi nous offrir de vrais repas, bon marché mais savoureux, comme la cassolette d'agneau de *Hongchangxing*, le steak de porc de *La Mer de l'Est*, ou encore le poulet trois jaunes du *Petit Shaoxing*. Comme toujours, Lu insistait pour m'exposer en détail l'histoire de ces plats ancestraux.

Au milieu de nos aventures culinaires, nous n'avions pas oublié notre autre activité, l'échange de livres.

Lu comptait dans sa collecte *Jean-Christophe* de Romain Rolland, l'histoire d'un jeune homme qui brave le destin et lutte pour arriver au sommet. Ce récit me bouleversa. À l'époque, le concept même de réussite personnelle était tabou. Les gens devaient fonctionner comme des boulons indifféremment vissés à la grande machine étatique. Une vie n'existait que par et pour le Parti. Mais le jeune héros du roman français me fit réfléchir. Je lus le livre deux ou trois fois. Il avait aussi plu à Lu qui me citait souvent le passage où Jean-Christophe se fait offrir un somptueux repas de spécialités du sud de la France couvertes de sauces crémeuses.

Au début de ma troisième année « d'attente de guérison », sur les conseils d'un voisin, je me mis à pratiquer le tai chi dans le parc du Bund tôt le matin. Cela devait m'aider à soigner ma bronchite chronique, mais je décidai rapidement de me consacrer plutôt à l'anglais que j'apprenais seul sur un banc près de la rivière. Ce tournant fut provoqué par mes inquiétudes sur l'avenir, par une jeune fille que je regardais de temps en temps avec envie en train d'étudier sous un saule, mais aussi par l'histoire de Jean-Christophe encore fraîche dans ma mémoire. Lui réussissait contre toute attente. Pourquoi pas moi ?

Quand je parlai à Lu de la mystérieuse jeune fille du parc, il se moqua de mes intentions. Il ne pouvait pas m'accompagner. Il devait garder son neveu, ses matinées étaient chargées.

Quoi qu'il en soit, je passais de plus en plus de temps au parc. À la maison, la vision de mes parents renfermés sur eux-mêmes, malades et déprimés, me démoralisait. La verdure me changeait les idées ; une mouette blanche s'élançait régulièrement au-dessus de ma tête, comme chargée d'un message indéchiffrable miroitant dans les feuillages.

Comme je partais très tôt, fidèle au vieux proverbe qui veut qu'*on manie l'épée au chant du coq*, ma mère m'encourageait en me donnant de l'argent pour mon petit déjeuner, seulement dix fens par jour.

« Il vaut mieux qu'il aille étudier dehors plutôt que de se morfondre à la maison », disait-elle à mon père.

Un petit déjeuner shanghaien classique composé d'un gâteau cuit au four de terre et d'un *you tiao*, long beignet frit, ne coûtait que sept fens et je réussis à économiser encore un peu en n'achetant qu'un gâteau ou en sautant tout bonnement le repas. Ainsi, au bout de quelques semaines, j'avais de quoi me régaler avec Lu.

Et ce n'était pas tout. À cette époque, dans le rayon des livres anciens de la *Librairie des Langues Étrangères* de Shanghai, avec un peu de chance, on pouvait dénicher un ou deux manuels utiles. Ling Quatz'yeux, un vieux libraire compatissant, sortit de sous son comptoir un dictionnaire d'anglais avancé qui m'aida beaucoup dans mes études.

Pendant ce temps-là, Lu retourna plusieurs fois dans l'Anhui. Le but principal de ses voyages était d'apporter des cadeaux de Shanghai au secrétaire du Parti du village. Même si son frère avait tout arrangé pour lui, il devait rester vigilant. Ces cadeaux assuraient la présence de son nom sur le « registre de travail de la commune », comme s'il n'avait jamais cessé de s'éreinter dans les champs avec les autres jeunes instruits.

C'était du moins ce que je supposais car Lu ne me confiait pas grand-chose. Quant à moi, je développais ma propre « opération d'échange de livres » avec une nouvelle méthode et une spécialisation en littérature anglaise.

Je n'avais pas de romans anglais à échanger, mais j'entendis parler d'un groupe susceptible de m'aider : les professeurs d'anglais des lycées et des universités. Ils avaient à nouveau le droit d'enseigner cette langue, mais seulement à l'aide de slogans comme *Long Live Chairman Mao* ou *Down with American Imperialism*. Ils n'étaient pas censés partager les livres de leur collection personnelle. Je me rapprochai d'eux en me faisant passer pour un ancien étudiant – muni d'un *shuxiu*, paquet de viande ou de jambon séchés, que Confucius recommande d'offrir au maître pour son enseignement. Grâce à l'argent du petit déjeuner, je disposais d'une monnaie d'échange. Parmi les propriétaires de livres se trouvait un professeur d'une cinquantaine d'années appelé Zhumei, qui me faisait penser à Lu, notamment quand il se remémorait le bon vieux temps en sirotant un verre de vin, sauf qu'il était plus lucide, plus résigné. J'eus la chance de mettre la main sur une bouteille d'alcool rare grâce à un ami qui travaillait chez un caviste. Zhumei était si content qu'il m'offrit un accès illimité à sa bibliothèque.

Étonné de ma propre témérité, je me mis à déchiffrer péniblement les romans anglais, sautant les mots et les phrases que je ne comprenais pas, devinant et imaginant l'histoire d'après le contexte. Près de l'eau qui léchait les rives du Huangpu, ces livres m'ouvraient un monde plein de promesses.

Après la visite du président Nixon, les patrouilleurs du parc cessèrent de se méfier des livres anglais. Le *Quotidien du peuple* imprima même une citation de Marx : « Une langue étrangère est une arme de poids dans la bataille de la vie. »

Dans un roman intitulé *La Moisson du hasard*, je relevai un passage qui me fit penser à Lu et moi. Le héros, un soldat de la Première Guerre mondiale, tombé dans un piège tendu par les membres du contre-espionnage, s'interroge sur le bien-fondé de la stratégie alors qu'il gémit blessé au fond de la tranchée. Le piège a été posé dans un but logique, celui de la victoire, mais qui s'inquiète des victimes collatérales envoyées au casse-pipe ?

« Tu trouves ça normal que les chiots noirs comme nous soient sacrifiés au nom de la Révolution culturelle ? » demandai-je à Lu en brandissant le livre.

Il hocha la tête sans répondre puis raconta qu'il avait entendu parler d'un film hollywoodien adapté du roman.

« La traduction chinoise du titre est géniale, ça s'appelle *Retrouvailles de canards mandarins*. Les canards mandarins représentent les amoureux inséparables dans la littérature classique, tu sais. »

Encore une fois, il savait beaucoup de choses sur l'ancien Shanghai. Pourtant, je me sentais légèrement supérieur à lui maintenant que je lisais dans une autre langue. Mais Lu ne m'en tenait pas rigueur. Il me fit la surprise de m'apporter un jour un exemplaire des *Trois mousquetaires* en anglais. « J'ai trouvé ce livre chez un voisin qui s'en servait de dessous de plat. Tu ne devineras jamais contre quoi je l'ai eu : un gâteau de riz gluant ! Tu peux le garder. » (Je l'ai encore. Je n'ai jamais trouvé d'édition mieux illustrée.)

En 1974, je guéris totalement. Mais suite à une déclaration de Mao remettant en cause le mouvement des jeunes instruits, je fus envoyé dans le groupe de production de quartier de Shenzhe. Face aux plaintes de la population, Mao avait choisi d'augmenter la production locale. L'économie s'effondrait et il n'y avait plus d'emploi dans les entreprises d'État. Le groupe de production de quartier, sorte de coopérative communautaire, avec ses salaires dérisoires et son absence de couverture médicale, représentait la meilleure alternative. Après tout, je n'allais pas me plaindre d'avoir obtenu un travail mal payé au lieu d'un tas de patates desséchées.

Alors que je m'échinais tous les jours sur la chaîne de production à fabriquer des chapeaux et des gants sur une vieille machine à coudre, je m'efforçais de poursuivre mes études d'anglais, mais j'avais de moins en moins de temps pour le reste, notamment mes repas avec Lu.

Quant à l'avenir… *Dans ma jeunesse, je n'ai pas connu la saveur de la peine/Et pour composer de nouvelles chansons, me forçais à la dire.* Pour me consoler, j'essayai de traduire un poème de Xin Qiji, de la dynastie des Song.

Lu, lui, avait des opinions arrêtées. Il était sûr que les choses s'amélioreraient. Devant un bol de raviolis aux crevettes, sur le trottoir jonché de carapaces et d'arêtes de poissons, touillant sa soupe parsemée d'oignons à l'aide d'une longue cuillère, il murmurait avec optimisme : « Bientôt, une nouvelle politique va offrir des compensations aux familles comme les nôtres pour nous dédommager des souffrances endurées pendant la campagne des "Quatre Vieilleries". Il paraît que ça va être énorme. »

Maintenant que les Gardes rouges n'avaient plus les faveurs de Mao, le président se disait qu'il avait intérêt à offrir un nouvel éclairage sur leurs « activités révolutionnaires » d'autrefois. La rumeur d'une compensation commençait à circuler. J'avais cependant du mal à croire que les sommes puissent être importantes.

Comme mon père était toujours malade, j'allai représenter la famille face au comité révolutionnaire de son entreprise pour discuter du montant. D'après eux, plus de la moitié des biens qui nous avaient été confisqués avaient disparu. De plus, l'estimation avait été faite selon une méthode caractéristique de la Révolution culturelle. Les bijoux, par exemple, avaient été pesés et évalués à trois yuans le gramme. Le total était ridicule. Mais Lu restait optimiste.

« On doit fêter ça », déclara-t-il, ravi. Je ne répondis pas. Ma famille n'avait rien à fêter, mais peut-être que celle de Lu avait eu plus de chance. Comme pressé de me prouver son succès, il m'invita au *Vent d'Est*, au coin du Bund et de la rue de Yan'an, dans un magnifique immeuble anglais.

« Tu connais l'histoire de cet endroit ? C'était autrefois le célèbre *Club Shanghai* qui se vantait d'avoir le bar le plus long et le service le plus irréprochable de toute l'Asie. Après 1949, les communistes en ont fait le *Club international des matelots*. Aujourd'hui, c'est le restaurant *Vent d'Est*. Quel que soit son nom, c'est un endroit fantastique. Imagine mon père là-bas, au bon vieux temps, en train de fumer un cigare cubain avec ses associés. »

Lu emmena Louis avec nous. Dans un an ou deux, le petit entrerait à l'école primaire, mais il suivait encore son oncle partout, les yeux brillants de curiosité. Ce soir-là, la salle était trop bruyante, trop bondée pour offrir un service agréable. Je ne vis pas le célèbre bar qui avait dû être démonté au début de la Révolution. Nous nous assîmes à une table poisseuse de sauce soja et commandâmes quelques plats abordables ainsi qu'un grand bol de soupe de poisson mandarin choisi par Louis qui surveillait l'aquarium situé dans un coin près de l'entrée, guettant l'instant où un serveur saisirait sa proie. À sa grande déception, rien ne se passa.

Nous attendîmes longtemps la soupe. Une fois servi, Lu s'empressa de me dévoiler le secret de la recette.

« Regarde la soupe. D'un blanc immaculé ! Mais c'est facile. Il suffit de faire revenir le poisson vivant au wok, d'ajouter le bouillon de poisson et de jambon et de laisser le tout mijoter à tout petit feu pendant des heures. Quand la soupe devient blanche, on jette une poignée de poivrons et d'oignons avant de servir les bols fumants. »

La soupe était délicieuse, la chair tendre, d'un blanc presque transparent à côté des oignons verts et des poivrons rouges. Tout en remplissant ma cuillère, je tâchai d'en mémoriser la recette dans un concert de rots satisfaits de Lu.

« On reviendra, dit-il avec confiance, nos familles recevront d'autres compensations. On refera un dîner pour fêter ça, dans un restaurant encore plus chic. »

Je n'étais pas sûr que nous puissions continuer longtemps à dépenser nos compensations imaginaires...

Par hasard, en lisant une biographie de William James, je tombais un jour sur une métaphore du pragmatisme. Dans un long couloir donnant sur plusieurs pièces de formes et de tailles différentes, un homme ouvre une porte et décide de rester là où il est car il trouve l'endroit assez confortable. Le soir, dans mon lit, les yeux rivés au plafond parsemé de taches d'humidité, j'eus le sentiment que Lu et moi avions atterri dans des pièces différentes.

Peu après notre dîner, Lu repartit pour l'Anhui. Le festin qu'il avait promis si solennellement n'eut jamais lieu. Mais je ne m'inquiétai pas. Peut-être n'avait-il pas reçu les compensations qu'il espérait, ou bien il n'avait pas trouvé de restaurant plus chic.

À la fin de l'année 1975, du jour au lendemain, Lu trouva un emploi dans une compagnie fluviale de l'Anhui, sur un petit cargo qui naviguait sur la rivière Huai et rejoignait de temps en temps le fleuve Huangpu à Shanghai. Selon la théorie de Mao, après la rééducation à la campagne, les jeunes instruits n'étaient pas tous obligés de devenir fermiers. Après une « rééducation réussie », certains obtenaient des postes dans des entreprises locales.

« Mais tu as passé presque toute ta rééducation à Shanghai ! m'exclamai-je, surpris.

– En fait, c'est le village qui décide si la rééducation est réussie ou non. Le type est un copain de Tongqing, tu sais. Grâce à sa recommandation, Tongqing a obtenu un poste encore meilleur que le mien – dans le train entre Shanghai et l'Anhui. »

Lu n'avait pas besoin d'en dire plus. Malgré les slogans et la propagande, ceux qui détenaient le pouvoir avaient toujours le dernier mot.

« Ce n'est pas un gros bateau, continua Lu, on n'est que deux ou trois à bord, mais ça me permet de revenir gratuitement chez moi. Je n'ai pas à me plaindre. Et c'est une entreprise d'État. »

En effet, la situation était confortable, enviable même par rapport à celle des jeunes envoyés dans les mines ou les usines de province.

« Je t'emmènerai en croisière gratuite, reprit-il, on boira du café, on fumera des cigares en regardant défiler les monuments le long du Bund, comme dans les films des années trente. »

Lu ne m'invita jamais sur son bateau. Et je ne parvins pas non plus à remplacer l'image du laveur de pont ruisselant de sueur par celle du Chinois d'outre-mer sifflant au fil de l'eau. Mais j'étais peut-être moi-même trop lessivé par la machine à coudre électrique, les cercles de tissu cousus à l'infini. Un soir où je travaillais tard, une aiguille me transperça le doigt. Dans un restaurant miteux, alors que j'essayais de me consoler en solitaire devant un bol de soupe de bœuf, je calculai que je n'avais pas vu Lu depuis plus de six mois.

Et puis le soufflé de la Révolution culturelle retomba d'un coup. Les pratiques et les habitudes d'avant refirent doucement surface. En 1977, l'examen d'entrée à l'université fut rétabli ; je fus admis à l'école normale de la Chine de l'Est avec une note excellente en anglais.

Peu de temps après, je partis faire une maîtrise de littérature anglaise et américaine à l'Académie des sciences sociales de Pékin. Comme mon professeur, Bian Zhilin, alors âgé de plus de soixante-dix ans, était assez faible, nous nous retrouvions chez lui une à deux fois par semaine. Poète avant tout, il me racontait parfois comment il avait écrit des vers à dos d'âne, ou encore un roman en anglais à Londres dans les années quarante avant de changer d'avis et de retourner en Chine vivre la Révolution culturelle après avoir jeté au feu son manuscrit inachevé, vil objet de décadence bourgeoise.

« S'il n'avait pas eu le cerveau lavé, pensai-je en songeant à nouveau à Lu, Bian aurait pu devenir un Chinois d'outre-mer auteur de romans à succès. »

Pendant les trois années suivantes, je ne retournai à Shanghai que pour le nouvel an, mais le bateau de Lu était toujours en mission, posté dans un endroit lointain. Du moins, c'était mon impression.

À la troisième ou quatrième visite, je ne réussis toujours pas à le voir. Je laissai plusieurs livres à sa mère qui m'offrit un gâteau de riz gluant au sucre brun préparé pour les fêtes en précisant que Lu avait insisté pour qu'elle me le donnât. Il avait mis au point sa propre recette à base de riz gluant rapporté spécialement de l'Anhui. Le gâteau me colla aux dents sans me laisser un souvenir impérissable.

Après mon diplôme, j'obtins un poste de chercheur à l'Académie des sciences sociales de Shanghai. Je devais traduire des poèmes et des histoires de l'anglais vers le chinois et rédiger une « introduction du traducteur » truffée de citations de Marx ou de Lénine, les mêmes préfaces que celle qui avait sauvé la peau de Lu au collège. Les années quatre-vingt furent appelées les « dix glorieuses pour la poésie chinoise moderne ». En plus de traduire Eliot et Yeats, je me mis à écrire mes propres poèmes et devins membre de l'Association des écrivains chinois.

De son côté, Lu paraissait très occupé à organiser son transfert à Shanghai. Sachant que leur séjour à la campagne était à présent rangé dans les échecs majeurs de la Révolution culturelle, la plupart des jeunes instruits étaient revenus en ville. Un poste sur un bateau de l'Anhui n'avait plus rien d'enviable.

Alors que nombre de « bonnes familles » célébraient en grande pompe le retour de leurs parents et amis exilés, les Lu semblaient exclus de la fête. Dans la langue chinoise en perpétuelle mutation, « Chinois d'outre-mer » était devenu une expression positive, symbole de richesse et d'ouverture sur l'Occident. Pour Lu, la pression n'en était sûrement que plus grande. Il se mit à fréquenter Loriot, une jeune fille issue d'une famille ouvrière qui travaillait dans un magasin de bonbons de la rue de Yan'an. Pour un homme sans emploi et sans toit, c'était déjà quelque chose de pouvoir se vanter d'avoir une « petite amie shanghaienne ».

Un après-midi de mai, j'allai trouver Lu muni des nouvelles de Conrad, dont *Le Compagnon secret* que j'avais traduit en chinois. En travaillant, j'avais pensé à lui, l'identifiant au mystérieux « double » de l'histoire. Cet après-midi-là, il était avec Loriot dans un coin sans fenêtre de l'appartement de sa sœur. Ils s'assirent au bord du lit et moi sur une chaise installée pour l'occasion. Loriot avait l'air gentille. Les doigts collants de sirop, elle ne cessait de remplir de noix caramélisées le plat posé sur le livre de Conrad.

« Je les ai eues au magasin. Gratuitement », répétait-elle en illuminant le mur écaillé d'un sourire.

C'est tout ce que j'ai retenu de cette visite. Je laissai le livre sans plus d'explication. Ni Lu ni Loriot ne posèrent de question. Pas même sur la traduction.

Quelques mois plus tard, Lu surgit à l'improviste dans mon bureau. Le bâtiment de l'Académie des sciences sociales de Shanghai se trouvait dans la rue Huaihai du centre. Il abritait plusieurs institutions, dont le bureau éditorial de *Démocratie et système légal*, un magazine influent proche du Parti. J'y avais fait la connaissance d'Ershi, un journaliste qui aimait me raconter les secrets des manœuvres politiques cachées derrière les affaires criminelles médiatiques. Je lui donnais quelques-uns de mes livres. Je fus étonné de lire un jour un portrait de moi qu'il avait rédigé pour le *Wenhui*. Suite à la lecture de cet article, Lu venait solliciter une faveur.

Il voulait que, par l'intermédiaire d'Ershi, je transmette une requête au gouvernement municipal. En 1949, son père, Ludwig, avait acheté une maison dans le district de Jing'an, mais craignant d'avoir des ennuis sous le nouveau régime communiste, il avait préféré enregistrer la propriété au nom de son frère. Cela lui avait permis d'avoir la paix, du moins pendant quelques années. Au milieu des années quatre-vingt, comme la propriété privée revenait au goût du jour, il cherchait à récupérer la maison, mais son frère refusait de la lui rendre. Ses revendications, sans doute fondées, ne reposaient sur aucune preuve. Lu avait donc pensé à moi en espérant qu'Ershi pourrait retourner la situation en faveur de son père. J'acceptai de transmettre la requête sans croire qu'un journaliste pût réellement changer la donne.

Comme prévu, les efforts d'Ershi furent vains. Lu n'insista pas, mais après cet épisode, je le vis encore moins souvent ; son bateau était toujours parti et il profitait de ses courts séjours à Shanghai pour voir sa petite amie…

Vers la fin de l'année 1988, j'obtins une bourse de la fondation Ford pour partir étudier un an aux États-Unis. Je me rapprochai de l'université Washington de Saint-Louis dans l'intention de mener des recherches dans la ville natale d'Eliot avant de rentrer en Chine écrire un livre sur lui.

Avant de partir, j'allai voir Lu. Ce matin-là, il était accroupi dans le noir, sous les escaliers, en train de fabriquer des briquettes à partir de poussière de charbon achetée une bouchée de pain au magasin de proximité. Torse nu, le visage noir couvert de sueur, il ressemblait à tout sauf à un Chinois d'outre-mer. Après avoir tenté d'essuyer ses mains sur un tablier gris, il me mena à l'étage où Loriot, en parfaite épouse, était occupée à préparer des raviolis sur un petit réchaud. Ils s'étaient mariés peu de temps auparavant.

De notre discussion, je ne me rappelle qu'un commentaire sur les raviolis.

« Il faut beaucoup de patience et de talent pour réussir à confectionner puis à enrouler la pâte autour de la farce de porc sans la briser. Mais il n'y a rien de tel que les raviolis maison farcis de gelée. Tu te souviens des petits pains frits qu'on achetait derrière le cinéma ? Les siens sont encore meilleurs. Il faut absolument que tu goûtes sa cuisine.

– C'est Lu qui m'a tout appris, dit Loriot en levant vers lui de grands yeux pleins d'admiration. Il sait tant de choses. »

Les raviolis étaient effectivement délicieux. En général, on les sert avec une soupe, trois ou quatre posés sur les légumes ou les nouilles, mais ce jour-là, j'engloutis tout un bol, sans doute une bonne vingtaine. Nerveuse, Loriot n'arrêtait pas de me lancer des regards inquiets. Je m'empiffrais pour faire honneur à son plat.

Finalement, alors que je me levais pour partir, Lu dit à voix basse :

« Ne nous oublie pas.

– Tu plaisantes ? Je reviens dans un an, c'est tout.

– On verra, répondit-il en faisant tomber la cendre de sa cigarette. Un Chinois d'outre-mer… »

Dans les films et les magazines de l'époque, la plupart des Chinois, une fois expatriés, restaient à l'étranger. Ce n'était pas mon intention, mais je ne voulais pas me lancer dans ce débat avec lui.

Comme prévu, je partis pour les États-Unis et entamai mes recherches sur Eliot. L'année s'annonçait bien remplie.

Comme dit le vieux proverbe, *huit ou neuf fois sur dix, les choses tournent mal en ce monde*. Quelques mois plus tard, les événements de la place Tian'anmen éclatèrent à Pékin. À ma grande consternation, la radio américaine parla de moi, « le poète chinois qui écoule des rouleaux de printemps à une vente de charité de Saint-Louis pour venir en aide aux étudiants chinois » (une recette que je tenais de Lu, d'ailleurs). Le lendemain de la diffusion, la police de Shanghai prévint ma sœur que j'avais intérêt à me tenir à carreau. Puis l'éditeur de Guilin m'écrivit que la publication de mes poèmes était suspendue, alors que je venais de relire les épreuves.

Je compris que je n'avais pas d'autre choix que de rester à l'université de Washington. Je m'inscrivis en doctorat afin de pouvoir prolonger mon visa et comme je ne pouvais plus être publié en Chine, je me mis à écrire en anglais. Grâce à mes professeurs, je réussis, parallèlement à la rédaction de ma thèse de littérature comparée, à intégrer des cours de création littéraire. Un de mes poèmes de l'époque reçut d'ailleurs un prix prestigieux dans le Missouri.

Pendant cinq ou six ans, je fus trop occupé, et aussi trop angoissé, pour retourner en Chine. Comme les mails n'existaient pas encore, je perdis contact avec tous mes vieux amis, dont Lu. Je ne voulais surtout pas leur causer de problèmes. Dans les rares lettres prudentes que je recevais de Shanghai, ma sœur ne me parlait jamais de lui.

L'exil me rendait de plus en plus nostalgique. Mes escapades gastronomiques avec Lu me manquaient. Peut-être comme dans *À la recherche du temps perdu*, un sens nouveau surgissait de « l'émotion recueillie dans la tranquillité[1] ».

Le plus souvent, la raison principale de ma mélancolie me surprenait moi-même. À Saint-Louis, les restaurants chinois étaient presque tous américanisés. Pour parodier un chant patriotique – « Rien ne peut changer nos cœurs chinois » – les expatriés se plaisaient à dire : « Rien ne peut changer nos palais chinois. » J'essayais donc de cuisiner chez moi en convoquant les souvenirs de mes aventures avec Lu.

1. Citation de Wordsworth qui définit ainsi la poésie.

Certaines de ses recettes me furent d'une grande utilité, surtout après la naissance de ma fille. Selon la tradition chinoise ancestrale, la jeune mère doit rester couchée un mois et se repaître de mets délicats, dont un incontournable plat du Sud : la soupe de carassin au jambon de Jinhua. Le défi était de taille. Comme on ne trouvait ni carassin ni jambon de Jinhua au marché de Saint-Louis, j'optai pour de la bonite et du jambon fumé, mais je suivis à la lettre les étapes de la recette énumérée par Lu dans le restaurant du Bund. Bientôt, la soupe prit une couleur blanche appétissante et ma femme, habituellement avare de compliments, déclara que c'était la « meilleure soupe de poisson qu'elle ait jamais mangée ».

Le temps s'écoule comme de l'eau et parfois, dans les nuits d'insomnie, des ombres aux allures de poissons ondulent dans ma mémoire.

En 1996, je retournai pour la première fois à Shanghai. La ville avait radicalement changé. Beaucoup d'endroits étaient méconnaissables. Beaucoup de gens aussi, sans doute. Je demandai des nouvelles de Lu à ma sœur.

« Il n'est pas venu nous voir depuis ton départ. Pas une seule fois, dit-elle avec une note de reproche dans la voix. Mais il a peut-être déménagé. Je ne l'ai pas vu depuis longtemps. La dernière fois, ça devait être il y a deux ou trois ans, il passait à vélo dans la rue du Shandong. »

Le lendemain, je partis vers le grenier où il habitait, mais la maison *shikumen* avait disparu ; on apercevait non loin une bouche de métro en construction. Je me rendis chez sa sœur, dans la cité de Baokang. Elle était toujours là et m'apprit que Lu avait son propre appartement quelque part dans le district de Yangpu et qu'il travaillait à présent chez *Duhongfang*, une épicerie fine près du croisement entre la rue de Xizhuang et la rue de Yan'an.

« Il est gérant maintenant », ajouta-t-elle alors que je commençais à descendre l'escalier sombre, aussi branlant qu'autrefois.

Duhongfang était une vieille enseigne connue pour ses spécialités comme le porc rouge braisé, la tête de poisson fumée ou encore les ailes de canard salées. Je reconnus de loin le comptoir en verre, face à la rue, exposant le légendaire porc rouge et gras scintillant dans la lumière de l'après-midi, exactement comme dans mon souvenir.

En entrant, j'assistai à une scène étonnante : le comptoir de vente était vide mais il y avait un restaurant où des clients s'agglutinaient au-dessus de leurs bols de raviolis, parlaient fort en dialecte, fumaient, riaient, faisaient claquer leur langue. D'après l'ardoise au mur, les prix étaient abordables. La foule témoignait de la popularité du lieu.

Lu était là, le tablier taché d'huile, courant de table en table, une éponge à la main. Il fut étonné quand je lançai, comme à l'époque :

« Lu le Chinois d'outre-mer !

Il sursauta et cligna des yeux. Quand il me reconnut, il resta muet de surprise.

« Après toutes ces années », commençai-je. Il essuya sa main sur son uniforme avant de la tendre vers moi. « On a tant de choses à se raconter. Allons dans un endroit plus calme. Un bon restaurant. Pourquoi pas l'*Hôtel du Parc* ? Il est déjà quatre heures et demie.

– Si on prenait un bol de raviolis ici d'abord ? proposa-t-il d'un ton hésitant. Je dois rester. Je ne termine qu'à six heures et demie. »

Il me mena à une table crasseuse cachée derrière une sorte de paravent en carton, dans une zone réservée aux employés. L'huile grésillante répandait une odeur de poisson frit.

Il s'assit en face de moi. J'étais étonné qu'il n'ait pas bondi de joie à l'idée d'aller dîner dans un grand restaurant. En tant que gérant d'un commerce d'État, il pouvait sûrement se permettre de partir une ou deux heures avec un ami qu'il n'avait pas vu depuis tant d'années.

« Les meilleurs raviolis ! cria-t-il vers la cuisine. Pour mon vieil ami qui revient des États-Unis. »

Nous commençâmes à discuter tout en mangeant les raviolis farcis au porc et aux fleurs de bourse-à-pasteur posés sur la soupe parsemée de lamelles de gingembre et d'œuf, presque comme à l'époque du collège.

Il n'avait pas l'air de trouver sa vie suffisamment intéressante pour en faire un récit détaillé. Il m'expliqua brièvement qu'au début des années quatre-vingt-dix, les jeunes instruits avaient obtenu le droit de retourner en ville, qu'il avait suivi le mouvement, quitté son poste sur le bateau et trouvé un emploi à Shanghai. Il avait travaillé plusieurs années comme vendeur avant d'être promu gérant.

« En gros, je suis ni en haut, ni en bas. Mais bon, il y a tellement de gens au chômage dans la Chine d'aujourd'hui. »

Son récit fut interrompu plusieurs fois par les cris d'une serveuse qui l'apostrophait depuis le comptoir ou encore par le chef venu quémander une cigarette en échange des raviolis. Lu dut se lever. Il n'arrêtait pas de faire des allées et venues.

« *Duhongfang* est une enseigne célèbre, dit-il en remuant ses souvenirs dans son bol. Pendant la Révolution culturelle, ça s'appelait l'*Orient Rouge*…

– Oui, je me souviens de l'histoire de l'*Orient Rouge*, tu disais en blaguant que le nom venait de la couleur du porc…

– Vraiment ? s'exclama-t-il. Tu sais, les plats raffinés ne sont plus à la mode maintenant.

– Comment ça se fait ?

– Avant, les gens recevaient chez eux. Entre la pénurie alimentaire et la rareté des restaurants, pas plus de deux ou trois dans toute la rue de Xizhuang, les épiceries fines rendaient un grand service. Mais aujourd'hui, il est mal vu de ne pas inviter ses amis dans un restaurant proche de chez soi. »

Cela expliquait l'absence de clients au comptoir du magasin. Pour compenser la baisse des ventes, ils étaient obligés de servir des plats en salle. J'avalai un autre ravioli, savourant les succulentes fleurs de bourse-à-pasteur encore vertes, une mauvaise herbe immangeable aux États-Unis, notamment d'après ma voisine qui se plaignait d'en voir son jardin envahi.

« Tout a changé, du tout au tout, conclut Lu, en écho à une chanson populaire sortie d'un poste de radio. *Le rêve d'hier est dispersé au vent, / mais le vent rêve encore de la lune d'hier*...

– Allons dîner ailleurs à la fin de ton service. Que dirais-tu du *Vent d'Est*, sur le Bund ? » proposai-je en souvenir du passé. Là-bas, j'allais peut-être pouvoir lui raconter le succès qu'avait remporté sa soupe de poisson aux États-Unis.

« Le *Vent d'Est* n'existe plus depuis longtemps. C'est devenu un *Kentucky Fried Chicken*.

– Ah bon ?

– Pour les Shanghaiens, c'est chic, tu sais. Il y a même des couples branchés qui y fêtent leur mariage.

– Eh bien, choisis un bon restaurant, toi. Tu dois en connaître quelques-uns. »

Peu enthousiaste, il marmonna qu'il devait aider sa fille à faire ses devoirs, puis s'essuya de nouveau la bouche à l'aide d'une serviette en papier. Le signal était clair.

Je me levai et suivis Lu à travers un dédale de tables. Au milieu des mangeurs de raviolis, un étrange client mâchait des oreilles de cochon au vin accompagnées d'un grand verre de bière. Ivre sans doute, il fredonnait un air tout seul dans un coin.

« Tu as entendu ce qui est arrivé à Tang ? demanda brusquement Lu.

– Tang ? Non, quoi ?

– Il s'est suicidé il y a des années ; il a sauté dans un puits sec. Il est mort de faim. On l'a retrouvé des semaines plus tard. Quand il était jeune instruit dans un village reculé du Jiangxi, son tracteur est tombé dans un fossé. Il ne s'en est jamais remis. Depuis, il n'allait pas bien dans sa tête. »

Je repensai à l'après-midi où nous étions partis tous trois en « campagne culinaire » au Bazar du temple du dieu protecteur de la ville, prêts à essayer tous les restaurants miteux du quartier, sous le soleil inondant nos jeunes éclats de rire face à l'absurdité de l'aventure…

Deux vers d'un poème de Chen Yuyi me revinrent en mémoire. *Plus de vingt ans ont passé comme dans un rêve/C'est merveille que nous soyons encore ici ensemble*... Encore ici avec Lu.

Saisi soudain par un sentiment familier, je regardai de l'autre côté de la rue vers le Grand Monde, l'ancien centre de loisirs abandonné, couvert de poussière, dans un état de délabrement irrémédiable. Le bâtiment, originellement construit pour accueillir des salles de spectacle et des scènes à ciel ouvert, n'offrait pas la possibilité d'être modernisé par une climatisation ou autres équipements de pointe. Là, au début du mouvement des jeunes instruits, Lu et moi avions agité nos mains devant les bus couverts de fleurs rouges. À côté de l'entrée cadenassée, j'aperçus le néon massif d'un nouveau restaurant du Sichuan, *Ivresse du Sud*, autour duquel un geai bleu solitaire virevoltait dans le déclin du jour.

« Et si on déjeunait à l'*Ivresse du Sud* demain ? C'est juste en face, proposai-je. Tu prends une pause à midi, non ?

– À midi alors, acquiesça-t-il. Je t'attendrai là-bas. »

Le lendemain, à l'heure dite, Lu m'attendait, assis droit comme un i à une table près de l'entrée du restaurant, vêtu d'une veste bleue toute neuve, la poche garnie d'un mouchoir de soie blanc. J'eus l'impression de voir l'ombre du Chinois d'outre-mer d'autrefois, étrangement déplacé dans le décor pouilleux du lieu, à côté de la jeune serveuse en faux costume traditionnel indigo qui saluait les clients dans un faux accent du Sichuan.

À peine étais-je assis qu'il tendit vers moi un menu en disant : « Choisis, toi. Tu as voyagé. Tu as de la chance ! »

Je décidai de ne pas discuter de ma chance et m'en tirai en paraphrasant des vers de Su Dongpo tout en feuilletant le menu écorné.

« Tu sais, seul le canard qui nage dans la rivière peut dire si l'eau printanière y est froide ou chaude. »

Nous sélectionnâmes chacun quelques plats, ni exotiques, ni chers, plutôt traditionnels. Des tendons de bœuf épicés, des cuisses de grenouilles sautées au wok, du poulet kung pao, du tofu mala et une assiette de poisson-chat à l'huile de poivron rouge que Lu conseilla comme étant la dernière tendance de la ville.

Le poisson était fondant ; sa chair blanche éclatante dans la sauce rouge épicée nous obligeait à rincer nos palais de Tsingtao, les cuisses de grenouilles appétissantes sur leur réchaud miniature au milieu des baies de goji, le bœuf de Sichuan tendre, comme transparent, et croustillant. On ne trouvait pas des spécialités pareilles dans les restaurants américains.

Entre les verres, je lui racontai mon exploit avec la soupe de bonite. Le regard vague, il hochait la tête, sirotait sa bière, déchirait un lambeau de chair de grenouille.

Ce fut ensuite à lui d'entrer dans les détails de l'histoire brièvement évoquée la veille. Après avoir perdu plus de dix ans à la campagne, il avait eu du mal à trouver du travail à Shanghai. Comme il avait coché « cuisine » dans les compétences du formulaire d'embauche, il avait eu la chance d'obtenir un poste dans une épicerie d'État, puis, pour compenser la démolition du grenier de ses parents dans la réforme du logement, on lui avait attribué un studio dans le district de Yangpu.

« C'est un vieil immeuble, une seule pièce rectangulaire, pas comme les nouveaux appartements avec salon et chambre séparés, alors j'ai divisé la pièce en deux », expliqua-t-il lentement en enfonçant ses baguettes dans l'œil du poisson avant de lui ouvrir la tête comme pour illustrer ses travaux de rénovation.

De son point de vue, il s'en était sorti, même s'il n'avait pas connu la réussite d'un Chinois d'outre-mer verni comme moi.

« Toi, tu es un vrai Chinois d'outre-mer, tu sais plus de choses que moi », dit-il en haussant les épaules, comme résigné à voir nos rôles aujourd'hui inversés, avant de remplir sa cuillère de soupe.

Une jeune et jolie serveuse vêtue d'un chemisier bleu sans manches et d'un short, dans le style du Sud, s'approcha à pas légers de notre table. Ses jambes et ses chevilles nues brillaient comme dans une illustration arrachée d'un vieil album. Elle posa une nouvelle bouteille de Tsingtao sur la table.

Troublé par cette vision, je murmurai malgré moi ces vers à moitié oubliés.

La fille qui sert le vin est aussi éclatante que la lune,
Ses poignets blancs éclairent comme la neige givrante.
Si tu n'es pas encore vieux, ne rentre pas chez toi ;
Si tu rentres chez toi, ton cœur sûrement se brisera.

C'était un poème sentimental *ci* sur le charme du Sud écrit par Wei Zhuang, un poète de la fin de la dynastie des Tang. Au IXe siècle, le Sud comprenait sûrement la ville de Shanghai. Je tentai de ramener la conversation vers les livres que nous lisions autrefois.

« Mais nous ne sommes plus jeunes », déclara Lu en attrapant le dernier morceau de poisson dans la soupe.

Je vidai mon verre.

À la fin du repas, il me laissa payer l'addition sans faire de manières. La serveuse sortit la monnaie d'un grand sac en plastique en nous jetant des regards curieux. Une pièce tomba par terre. Lu se baissa pour la ramasser. À la cheville nue de la jeune femme, un bracelet scintillait comme dans un rêve.

Au moment de nous séparer, j'oubliai de demander son numéro de téléphone à Lu. J'étais sûr de revenir bientôt. L'épicerie n'était qu'à dix minutes à pied de là où je logeais.

Mais je ne le revis pas. Un projet de traduction me rappela plus tôt que prévu aux États-Unis. Peu de temps après, je me mis à écrire un roman qui se passait dans la Chine en transition, un pays encore familier et pourtant étranger.

Il paraît qu'un premier livre a toujours une dimension autobiographique. Sinon dans le personnage principal, au moins dans les personnages secondaires. La première scène de mon roman montrait le héros en train de préparer un dîner sur les conseils de son ami gourmet surnommé Lu le Chinois d'outre-mer. Si j'avais hésité un moment, j'avais finalement décidé de garder le nom de mon ami, ainsi que ses traits de caractère. Écrire permet de revivre des expériences passées et d'en extraire un sens nouveau.

Su Shi, le poète de la dynastie des Song, écrit magnifiquement que la vie est comme un vol d'oies qui, venant à se poser sur la neige, parfois y laissent l'empreinte de leurs pattes, visibles un instant, avant de disparaître. Tenter de les préserver serait aussi vain que l'entreprise du mythique Sisyphe, mais c'est pourtant ce désir qui m'a poussé à écrire.

Plus de trois années s'étaient écoulées quand je retournai enfin en Chine, muni d'un exemplaire de mon premier roman publié en anglais. Le récit était devenu une sorte d'enquête, mais le personnage de Lu le Chinois d'outre-mer était resté le même, bien qu'il eût mieux réussi dans la fiction que dans la vie. J'étais impatient de montrer à Lu les pages où figurait son nom et imaginais sa réaction enthousiaste lors de nos retrouvailles.

« Oh, le livre a été écrit par mon ami aux États-Unis ! Regardez mon nom en anglais ! »

Je descendis dans un hôtel près de la rue de Xizhuang. Le lendemain après-midi, je me dirigeai vers l'épicerie en me disant que si Lu n'y était pas, j'achèterais de toute façon une tête de carpe fumée pour le dîner. À mon grand étonnement, à la place de l'épicerie se dressait la devanture fraîchement repeinte d'un restaurant de poulet frit ornée d'un logo américain que je ne reconnus pas. L'emplacement était sans doute trop central pour une vieille épicerie traditionnelle. J'avais lu aux États-Unis que dans la tornade de la réforme économique, bon nombre d'entreprises déficitaires avaient été rachetées.

Lu n'était pas là. Une vendeuse rangeait les cuisses et les ailes de poulets dans un comptoir en verre. Je m'approchai.

« Il n'est plus là, dit-elle simplement en chassant une mouche qui rôdait autour de la viande dans un bourdonnement tenace.

– Mais *Duhongfang*…

– L'épicerie a été vendue. Maintenant c'est *American Fried Chicken*. Je suis la seule à être restée.

– Et Lu ?

– Il est chez lui. Il a obtenu une double garantie.

– Qu'est-ce que ça veut dire ?

– Ça veut dire qu'il a perdu son travail, mais que le gouvernement municipal lui garantit une pension et une couverture maladie à sa retraite.

– Mais pour l'instant, il n'a aucun revenu ?

– Non, il vivote comme il peut. Mais il s'en sort très bien, vous savez. Comme dit le vieux proverbe, *un petit temple ne peut pas accueillir un grand Bouddha*. Maintenant, il peut lancer sa propre affaire dans le domaine qu'il veut », ajouta-t-elle non sans une pointe de sarcasme avant de tuer la mouche obstinée d'un coup de menu plastifié.

Je ne fus pas surpris par sa réaction. Lu avait toujours eu des idées de grandeur. Ça ne m'avait jamais dérangé, contrairement à d'autres, comme ma sœur, ou cette vendeuse.

« Et vous avez son numéro de téléphone ou son adresse ?

– Non. »

J'étais certain de le retrouver, d'une façon ou d'une autre. Je restai abasourdi. Tout était de ma faute.

Je me précipitai vers la cité de Baokang où habitait sa sœur, mais à mon grand désarroi, la ruelle avait également disparu. Dans le quartier, il n'y avait plus que des gratte-ciel en construction.

D'après ma sœur Xiaohong, les habitants de la cité avaient été relogés. Elle ne savait pas ce qu'était devenue la sœur de Lu. J'abordai plusieurs anciens camarades de classe. Un seul m'apprit que deux ans plus tôt, il avait aperçu notre ami en train de vendre des petits gâteaux devant l'épicerie fine – sûrement dans un dernier effort pour sauver le commerce – mais qu'en le voyant, Lu avait tourné la tête. Je comprenais. Honteux, il préférait éviter de croiser ses anciens camarades.

Je tâchai de me remémorer les détails de notre dernière conversation à l'*Ivresse du Sud*, mais tout ce que je savais, c'était que son studio se trouvait dans le district de Yangpu. L'endroit était trop vaste. Rien dans l'annuaire. Il n'avait peut-être pas le téléphone.

À la fin de mon séjour, je n'avais toujours aucune piste. Je laissai un exemplaire de mon roman chez moi en demandant à ma sœur de se renseigner encore et de le donner à Lu si elle avait la chance de le trouver.

Sur l'insistance de mon éditeur américain, le roman se transforma en série. Dans le deuxième livre, le nouveau restaurant de Lu le Chinois d'outre-mer, *Le Faubourg de Moscou*, connaît un succès grandissant grâce aux filles russes qui s'y produisent. « Tout est possible en imagination », remarque une jeune fille blottie contre Chen, une tendre feuille de thé vert entre les lèvres.

Lu est donc devenu un personnage récurrent qui invite régulièrement l'inspecteur Chen à entrer avec lui en affaires. Le reste du temps, il le traite en ami, lui propose son aide tout en continuant à ouvrir de nouveaux restaurants. Il sera bientôt un Gros Sous puissant du Shanghai d'aujourd'hui. « Numéro Un de la cuisine russe » n'est qu'un des titres impressionnants alignés sur sa carte de visite.

Après tout, dans la Chine actuelle, Lu aurait très bien pu connaître un succès pareil et psychologiquement, dans une société où le seul critère valable est la réussite matérielle, la réussite fictive de mon ami avait quelque chose de réconfortant.

À mon grand étonnement, un éditeur chinois m'annonça qu'il envisageait de faire traduire mes romans. Malgré mes inquiétudes quant à la censure, j'acceptai. Cela me donnerait l'occasion de revenir. À chacun de mes passages, je ne cessais de m'enquérir de Lu. Aucune nouvelle, comme s'il s'était volatilisé. *American Fried Chicken* avait également disparu et au moins trois ou quatre enseignes s'étaient succédé depuis.

Je ne pouvais m'empêcher parfois d'imaginer que je tombais sur lui par hasard au coin d'une rue. Dans une ville de la taille de Shanghai, c'était peu probable, je le savais. Et je sentais bien que le vrai Lu n'avait rien à voir avec celui de la fiction, sans ça, il m'aurait contacté depuis longtemps.

Quand la traduction chinoise, largement censurée, parut, je ne parvins pas davantage à retrouver sa trace. Je laissai à nouveau un exemplaire chez moi en espérant que Xiaohong aurait l'occasion de lui remettre.

« Tu as mis Lu dans ton roman et pas moi. C'est injuste, se plaignit-elle avec humour.

– C'est parce que je suis sans nouvelles de lui depuis des années. Maintenant que le livre existe en chinois, il verra peut-être son nom dedans et il viendra me voir.

– Je ne crois pas. Mais Lu n'a pas eu de chance. Les vieilles marques alimentaires comme *Duhongfang* reviennent à la mode maintenant que tout le monde en ville a la nostalgie du passé. Ce n'était pas un travail extraordinaire, mais au moins, c'était une entreprise d'État. »

Je hochai la tête tout en réfléchissant au destin de mon ami. Dans sa jeunesse, Lu avait tout fait pour être à contre-courant, mais sa résistance n'était pas sans limites. Il avait fini par suivre le mouvement, puis l'époque toujours changeante l'avait laissé sur le carreau. Et on attribuait cela à la chance.

Ironiquement, le terme « Chinois d'outre-mer » changeait aussi de connotation et perdait de sa superbe. Dans un monde plein de promesses, les parvenus étalaient leur richesse au point d'éclipser les expatriés. Ces derniers avaient tendance à rentrer au pays à l'affût de nouvelles opportunités. D'où le nouveau terme de *haigui* : ceux qui reviennent accroître leur fortune en Chine. Tous rêvaient d'obtenir une carte de séjour chinoise.

Nous calculions sur nos doigts/quand viendrait le vent d'Ouest/et pourtant nous ne parlions pas des années qui secrètement s'échappent...

La même année, invité à un colloque de littérature comparée à Shanghai, je parlai de mes réflexions sur l'influence. Un sujet délicat. On peut influencer quelqu'un à son insu, de façon totalement inattendue. Plus tard, quand on essaie de remonter à la source de l'inspiration, on s'aperçoit parfois que le modèle était bien différent du tableau.

À la fin de la conférence, je décidai de marcher seul et flânai sans but, me dirigeant malgré moi vers le Bund. Près du croisement des rues de Yan'an et de Zhonghshan, là ou se tenait autrefois le restaurant *Vent d'Est*, puis le *KFC*, j'aperçus l'hôtel *Waldorf* récemment rénové, un monument splendide de la nouvelle ville. Je n'entrai pas et continuai à longer le front de mer vers le nord. Une mélodie familière flottait dans l'air depuis la grande horloge du bâtiment des douanes, l'éternel *L'Orient est rouge*, éloge funèbre à Mao. Je jetai un coup d'œil vers le parc du Bund et son portail ceinturé de feuillages, tournai à gauche dans la rue de Nankin, aujourd'hui piétonne. J'évitai le *Grand Magasin Numéro Un* de Shanghai, siège du drame de la vie et de la mort d'un personnage dans le premier roman de l'inspecteur Chen, au début des années quatre-vingt-dix. Cet après-midi-là, le bâtiment avait l'air pouilleux au milieu de l'enchevêtrement des nouvelles tours. Perdu dans mes pensées, j'arrivai au croisement des rues de Yan'an et de Xizhuang où je gravis les marches de la passerelle en regardant le soleil décliner à l'ouest, masqué par les gratte-ciel. Je compris soudain où j'étais.

Lu et moi empruntions ce chemin au cours de nos escapades de jeunesse – sauf qu'à l'époque il n'y avait pas de passerelle, ni de tours partout autour. Sur le pont, les yeux baissés vers la devanture de l'ancienne épicerie fine, je songeai aux vers de Li Bai :

Nuage à la dérive, tu ne cesses/de voyager plus loin,/plus loin. Au soleil couchant,/je viendrai ici, longtemps,/longtemps, penser à toi.

Références des poèmes cités

p. 21 : Liu Fangping, traduit par Hu Pinqing, in *Trois cents poèmes Tang*, Pekin University Press.

p. 47 : Bian Zhilin, « Fragments », in *Anthologie de la poésie chinoise*, Gallimard, Bibliothèque de la Pléiade, 2015.

p. 51 : Su Dongpo (ou Su Shi), « Mélodie de l'eau », traduit par Jacques Pimpaneau, in *Sur moi-même*, Philippe Picquier, coll. « Picquier poche », 2003.

p. 74 : Liu Yuxie, « L'allée des habits noirs », traduit par Georgette Jeager, in *L'Anthologie de trois cents poèmes de la dynastie des Tang*, Société des Éditions Culturelles Internationales, Pékin, 1987.

p. 149 : Li Shangyin, « La grande cithare ornée », in *Anthologie de la poésie chinoise*, Gallimard, *op. cit.*

p. 180 : Mao Zedong, « Le défilé de Lanshan », in *Anthologie de la poésie chinoise*, Gallimard, *op. cit.*

p. 180 : Li Bai, traduit par Xu Yuanzhong, in *Cent poèmes lyriques des Tang et des Song,* Éditions en langues étrangères, Pékin, 1987.

p. 204 : Xin Qiji, « Écrit sur la mer en chemin vers le mont Bo », in *Anthologie de la poésie chinoise*, Gallimard, *op. cit.*

p. 221 : Wei Zhuang, in *Anthologie de la poésie chinoise*, Gallimard, *op. cit.*

p. 226 : Sur l'air de « Chanson de l'immortel de la grotte », Su Shi, in *Anthologie de la poésie chinoise classique*, Poésie Gallimard.

Les poèmes dont les références ne figurent pas ci-dessus ont été traduits de l'anglais par Adélaïde Pralon.

DU MÊME AUTEUR

Mort d'une héroïne rouge
Liana Levi, 2001
et « Points Policier », n° P1060

Visa pour Shanghai
Liana Levi, 2003
et « Points Policier », n° P1162

Encres de Chine
Liana Levi, 2004
et « Points Policier », n° P1436

Le Très Corruptible Mandarin
Liana Levi, 2006
et « Points Policier », n° P1703

De soie et de sang
Liana Levi, 2007
et « Points Policier », n° P1939

Cité de la poussière rouge
Liana Levi, 2008
et « Piccolo », n° 69

La Danseuse de Mao
Liana Levi, 2008
et « Points Policier », n° P2139

Les Courants fourbes du lac Tai
Liana Levi, 2010
et « Points Policier », n° P2607

La Bonne Fortune de monsieur Ma
Liana Levi, « Piccolo », n° 78, 2011

Cyber China
Liana Levi, 2012
et « Points Policier », n° P3053

Des nouvelles de la poussière rouge
Liana Levi, « Piccolo », n° 95, 2013

Dragon bleu, tigre blanc
Liana Levi, 2014
et « Points Policier », n° P4102

RÉALISATION : NORD COMPO À VILLENEUVE-D'ASCQ
IMPRESSION : CPI FRANCE
DÉPÔT LÉGAL : OCTOBRE 2017. N° 137356 (3024017)
IMPRIMÉ EN FRANCE

LE BEST-SELLER DU COMMISSAIRE ERLENDUR

Grand Prix des lectrices de ELLE 2007

Prix Clé de verre 2003 du roman noir scandinave

Prix CWA Gold Dagger 2005